지금 이 순간도
돌아가고 싶은 그때가 된다

지금 이 순간도
돌아가고 싶은
그때가 된다

박현준 지음

M31

지금 이 순간도 돌아가고 싶은 그때가 된다

초판 1쇄 발행 2020년 5월 20일

지은이 박현준
발행인 김시경
발행처 M31

ⓒ 2020, 박현준

출판등록 제2017-000079호 (2017년 12월 11일)
주소 경기도 김포시 김포한강2로 11, 109-1502
전화 070-7695-2044
팩스 070-7655-2044
전자우편 ufo2044@gmail.com

ISBN 979-11-962826-9-1 03810

이 도서의 국립중앙도서관 출판예정도서목록(CIP)은 서지정보유통지원시스템 홈페이지
(http://seoji.nl.go.kr)와 국가자료종합목록 구축시스템(http://kolis-net.nl.go.kr)에서
이용하실 수 있습니다. (CIP제어번호 : CIP2020013621)

프롤로그

서른 살을 훌쩍 넘긴 채 시간의 파도에 치이며 어디론가 자꾸
만 자꾸만 떠내려간다. 삶이 영 푸석푸석하게만 여겨져 문득 겁
이 난다. 어쩌면 이대로의 삶이 응어리로 고정되어 별다른 파고
없이 끝으로 이어질 것만 같은 기분이다. 내가 사랑했던 사람들
은 모두 어디로 간 것인지. 또한 나를 사랑했던 사람들은 왜 보
이지 않는 것인지. 왜 나는 자꾸만 지나간 그때 그 시절을 회억
하며 스스로 서글퍼지는 것인지 알 수 없다. 다시 돌아갈 수 없
는 추억이란 슬픔이라기보다 아름다움인 것을, 삶을 바로 직시
하고 앞으로 새로이 추동하게 하는 힘인 줄을 모르지 않는데도
말이다.

삶의 군데군데가 갈변했다. 그 일부분이 전체를 잠식시키지 않

을 거라고 아직은 믿고 있지만, 한편으로는 충분히 잠식시킬 수도 있는 위협으로 느껴졌다. 그 불안감이 나를 이끌었다. 글을 써야 한다. 저기 어딘가에 잊힌 옛 전쟁터, 이제는 그 누구의 발길도 닿지 않는 황폐한 풀숲에 뉘어진 나를 건져내야 한다. 그래서 나는 성큼성큼 나의 이십 대를 들여다보기로 했다. 스물에서 서른으로 가는 그 길목마다 하나둘 툭툭 던져놓았던 작은 소회들을 수집해보기로 했다. 어쩌면 그것들과 찬찬히 해후하다 보면, 마멸된 열정과 생기에 새로운 희망의 단초가 될지도 모르는 일이라고 생각했다.

내남없이 각자의 이십 대를 살아왔거나 살아갈 터 나의 이십 대가 누군가에게 특별히 교훈이나 감명 따위로 다가서지는 않을 거라 짐작되었다. 그럼에도 불구하고 쓰고자 함은 오롯이 나를 위한 것이었다. 사람은 오히려 자기 본연의 개별적 삶을 깊숙이 들여다봄으로써 인생의 보편적인 어떤 해답에 조금씩 더 가까워지는 것일지도 모른다. 어쩌면 이 책은 나에게 처방하는 자구책(自求冊)이다. 그러나 아무리 그렇다고 할지라도 애초부터 독자에게 공감이나 흥미를 기대하는 일을 염두에 두지 않았다는 것은 전혀 아니다. 내 감상(感想)의 편린들이 누군가에게 작게나마 미동을 일으킬 수 있다면 그것만으로 더없는 기쁨일 것이다. 그러기 위해서는 보잘 것 없는 나의 글들을 접하기 전에, 보잘 것 없는 나라는 한 인간에 대한 애정 어린 시선을 곁들여 바라봐주었으면 하는 것이 나의 작은 바람이다. 마치 좋아하는 사람의 또 다른 일면을 엿보고 싶어하는 호기심 같은 마음으로 말이다.

나의 지난 글들을 마주하다 보니 윤색에 대한 유혹이 더러 있기도 했다. 그러나 이내 그만두었다. 그리고 나는 나의 이십 대를 가감 없이 고스란히 담기로 했다. 설령 그것들이 지금의 내가 보기에 퍽 유치하거나 서툴게 보일지라도 그대로 보존하는 것이 이십 대가 지닌 미숙(未熟)의 의미를 퇴색시키지 않는 것이라 생각했다. 갖가지 무수한 삶의 형태가 존재하듯이 어떻게 살아왔든 우리 모두의 청춘은 저마다의 모습 그대로 충분히 아름다웠을 것이라고 되새기는 시간이 되었으면 좋겠다. 더불어 나날이 맞이하는 새로움으로 당혹감을 느끼며 헤매고 있는 우리 모두가 길을 잃지 않기를. 혹여 잃게 되더라도 잠시뿐이기를.

박현준

목차

프롤로그

1장 스물에서

2장 서른으로

3장 時의 詩

스물에서

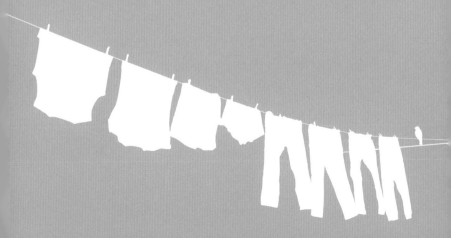

차라투스트라가 뭐라고 말했더라?

힘들고 더뎠다.

프리드리히 니체의 저작 《차라투스트라는 이렇게 말했다》를

읽는 내내 내용의 난해성에 그러했으며,

500쪽에 달하는 책의 분량에 그러했다.

하지만 우여곡절 끝에 마지막 페이지를 넘기게 되었을 때,

후련함보다 아쉬움이 더 느껴지는 것은

내 조악한 머리가 책의 내용을 완전히 흡수하지 못했기 때문.

그러나 내 개인적인 견해지만,

예술 작품을 접한 결과로 언제나 완벽한 이해와 감상이

동반될 필요는 없다고 생각한다.

설령 짧은 시간 내에 망각을 동반한다 하더라도,

그 작품을 만나던 매 순간순간의 그 행위 자체에 담긴

의미가 중요하다고 생각한다. 분명하건대,

어떤 책을 읽지 않아서 모르는 자와

읽었는데 시간이 흘러서 망각해버린 자 사이에는

분명한 차이가 있다.

즉, 그 순간에 눈으로 입으로 읽는 활자와 읽는 내내

느꼈을 어떤 감정들, 그리고 스치듯 교감한 모든 이야기들,

그 모든 것들이 매 순간 머리와 몸속으로 스며들어

후에 자신도 모르는 사이 증진된 능력을 발견하게 될 것이다.

모름지기 예술 작품들을 접하고 볼 일이다.

망각하건 영원히 가슴속에 간직하건,

냉정하게 그것은 온전히 어떤 예술 작품과 각 개인의

세계와 감성과의 교접의 밀착성에 따라 좌우되므로.

그러다가 자신과 완전히 교접되는 작품을 만나는 기쁨이란!

아메리카노 맞으시죠

나의 독서는 사계절을 막론하고 주로 집에서 행해진다.
날씨가 추운 계절에는 욕조에 뜨거운 물을 받고서 읽고
요즘같이 무더운 계절에는 차가운 물을 받고서 읽는다.
그러나 독서가 재밌다고 하더라도 같은 환경에서
반복적으로 행해지다 보면 체력적으로 힘들기도 하다.
그래서 집을 벗어나 밖에서도 독서를 하기도 하는데
그 누구도 나에게 세를 놓아준 적 없지만 나 스스로
나의 독서공간이라고 여기고 있는 장소가 있다.
그곳은 바로 홍대 커피스미스 옆에 있는 카페베네다.
그곳 흡연실 구석자리가 내가 작년 여름부터 꾸준히
이용하고 있는 독서실인 셈이다.
남의 시선(그들은 결단코 보낸 적이 없을 테지만)에
민감한 나로서는 그곳의 흡연실이 딱 제격이다.
이유인즉 다소 좁은 평수로 인해 아담한 맛이 있고,
흡연실을 제외한 카페의 다른 구역이 유리창이 아닌
벽으로 나뉘어져 있어 타인의 시선에 자유롭다.
그리고 책상 위에 노오란 백열등 불빛은 정확히
펼쳐놓은 책 위를 비추어 조명 역할을 톡톡히 해낸다.

제 집처럼 드나들던 그 카페에서 아르바이트를 하는 박용우를
본 것이 올해 초쯤부터였을까. 박용우라 함은 내가 보기에
그가 배우 박용우를 퍽 닮았다고 느꼈기 때문이다.
별로 크지 않은 키에 하얀 피부를 가지고 있고 손님을 대하는
표정이나 말투로 미루어보아 꽤나 소심하고 내성적이며
유약한 성격을 가지고 있음을 짐작할 수 있었다. 나이는
대학생 느낌의 풋풋함은 느껴지지 않는 것으로 보아
내 나이 언저리 그 즈음 정도라고 짐작할 수 있었다.
그런 박용우를 올해 초쯤부터 계속해서 볼 수 있었고
주문을 할 때에도 셀 수 없이 그와 대면했다.

"아이스 아메리카노 (큰 거 혹은 작은 거) 한 잔이요."
내가 주문할 때의 예외 없는 대사이다.
두 달 정도 전이었을까. 그때도 물론 그를 많이 봐왔던
상태였고 내 마음속으로는 알 수 없는 친근한 느낌이
존재하기도 했었다. 그렇다고 해서 "안녕하세요. 오늘도
같은 걸로 주세요"라며 서로의 존재를 수면 위로 끌어올려
아는 체한다거나 인사를 한 적은 한 번도 없었다.

늘 나의 대사는 "아이스 아메리카노 한 잔이요"였다.
그렇다. 그날도 주문하기 위해 대면한 그에게 내뱉을
대사였다. 그런데 내가 막 그 대사를 하려는 찰나
박용우는 조심스레 물었다.
"아.이.스.아.메.리.카.노.맞.으.시.죠."

아, 이 뜨거움. 낯 뜨거움 혹은 가슴 뜨거움.
박용우가 먼저 몇 달째 암묵적이었던 우리의 관계를
수면 위로 끌어올렸다.
그 대사 역시 내가 짐작한 성격대로 표정 변화 없이
소심하고 무덤덤한 얼굴로 내뱉는다. 그래서 더 뜨거움.
이 대사 하나로 우리는 지금까지 서로의 존재를 몰래
인지하고 있었음이 들통나버렸다. 아 역시 뜨거움.
나 역시 반색하지는 않았고 건조하게 "네에… 네"라고
대답했을 뿐이다. 그래서 더욱 거세게 뜨거움.
나는 "하아, 저 기억하시네요! 하하, 네 맞아요!"라고
말할 수 없었다. 수면 위로 올라왔지만 아직 몸의 반은
물속에 들어 있는 것이 나와 박용우의 관계에 어울렸다.

우린 서로 넉살 좋게 허허 웃으며 종업원과 단골손님의
우정을 과시하기보다는 조금 애매한 게 어울렸다.

이렇게 얼마 전 우리는 서로의 존재를 인정했다.
오늘도 독서를 하기 위해 간 카페엔 박용우가 있었다.
나는 언제나 커피를 다 마시고는 빈 컵을 들고 가서
얼음을 가득 채워달라고 한다.
그러고는 우걱우걱 씹어 먹기를 즐긴다.
오늘도 커피를 다 마시고 빈 컵을 들고 주문하는 곳으로
가서 쭈뼛거리며 서 있다가 그와 눈이 마주쳤다.
"얼.음.가.득.채.워.드.릴.게.요."

아, 이 뜨거움. 몇 달 만에 다시 낯 뜨거움 혹은 가슴 뜨거움.
대사를 내뱉는 박용우가 전보다 제법 자연스러운 듯하다.
나는 이번에도 역시 무미건조하게 "네에… 네"라고
대답했을 뿐이다. 그는 이제 나의 패턴을 모두 안다는 듯이
내가 원하는 것을 알아서 척척 스스로 해주려고 한다.
주문도 알아서 "아이스 아메리카노 맞으시죠?",

빈 컵 앞에서는 "얼음 가득 채워드릴게요" 하며
서로의 존재를 확인한다.

그러나 이제 나는 걱정거리가 하나가 생겼다.
내가 아메리카노를 마시고 싶지 않을 때면…
누가 나의 주문을 받아주지…
바로… 박용우는 아니길.
난 절대로 "아메리카노 맞으시죠?"라고 말하는
박용우의 면전에 "아니요, 카페 모카요"라고 말하지 못한다.
내가 혹시라도 다른 걸 마시고 싶은 그날 하필 또
박용우가 주문을 받는다면 나는 여지없이 아메리카노를
주문하겠다. 아메리카노로 단결된 우리의 미묘한 관계에
혼란을 주고 싶지 않다. 이제 겨우 '아.메.리.카.노.맞.으.시.죠'
로 수면 위로 올라온 우리 관계에 '아.니.요.카.페.모.카.요'는
너무도 가혹하리라.

앞으로도 그런대로 어색하고 조용하고 아름답게
카페베네의 박용우와 나의 관계는 지속될 것이다.

"아메리카노 맞으시죠?"

"네에… 네."

세상에서 가장 남자다운 뒷모습

#Scene 1

남자, 연락도 없이 여자 친구 집 앞으로 찾아간다.
그리고 여자 친구에게 전화를 건다. 드리리리링~

　여: 여보세요?

　남: 응, 나야 지금 잠깐 집 앞으로 나와 봐.

　여: 응? 왜? 너 지금 집 앞이야?

　남: 응, 일단 집 앞으로 나와 봐.

집 앞으로 나온 여자는 갑작스런 남자 친구의 등장에
놀라기도 하고 기분이 좋기도 하다.

　여: 어머 웬일이야? 연락도 없이~

　남: (머리를 긁적이며 땅을 45도 각도로 내려보며 퍽 남자답게) 아니

　　　그냥 뭐 네 얼굴 좀 보고 싶어서 왔지.

　여: 치, 나 완전 꼴이 말도 아닌데 연락 좀 하고 오지.

　남: (상대방에게 여운이 남기를 바라는 어조로) 아니야,

네 얼굴 봤으니깐 간다. 나 갈게. 나 먼저 갈게.

그러면서 남자는 슬며시 뒤로 돌아 뚜벅뚜벅 걸어간다.

　　여: (격양되고 애절한 목소리로) 야~그냥 가는 게 어디 있어~?

남자, 세상에서 가장 남자다운 뒷모습을 한 채 그녀의 부름에는 아무런 대꾸 없이, 돌아봄도 없이, 그저 자신의 오른팔을 하늘로 들어 올려 멋지게 흔들어대며 안녕을 고한다. 그리고 남자는 걸어가는 내내 '난 진짜 남자다!!!'라고 생각하며 스스로도 넘치는 흐뭇함을 주체하지 못해 넘치는 입꼬리를 애써 잠근다. (끝)

영화나 드라마의 폐해인지는 모르겠지만, 나는 남자들이 소위 여성들의 로망이라고 거론되는 몇몇 상황이나 모습을 충족시키기 위해 이런 종류의 연출을 하지 않았으면 좋겠다. 진짜 자기 감성에서 비롯된 자연스러운 행동이라면 할 말은 없다. 문제는 자연스럽게 나오는 것이 아니라 어디서 본 건 있어서 계획과 구상을 한 후에 하는 작위적인 남성성의 표출인 것처럼 느껴지는 것이 나의 심술이다. 짐짓 무심한 듯 행동을 개시하면서도 속으로는 여성의 로망을 충족시켜주고 있다는 묘한 뿌듯함을 느끼고 있을 그들이 귀여워 보이기보다는 우습다. 후방 카메라가 버젓이 있는데도 불구하고 굳이 조수석 시트에 팔을 걸고 고개를 젖혀 후진을 한다든가 술자리에서 애꿎은 벌주를 굳이 낚아채 벌컥벌컥 마신다든가 자동차에서 급정지를 했을 때 안전벨트를 매고 있는 그녀의 가슴 전방을 굳이 팔로 가로막으며 괜찮은지 어디 다친 데는 없는지 허겁지겁 물어본다든가 하는 뭐 일련의 그런 것들 말이다. 그게 남자고 그게 매너 아니겠느냐 하고 반격한다면 이만 물러나겠다. 역시 그래서 나는 이토록 혼자인가 보다.

착하게 생각하고 싶지않은 마음

◆ 호랑이에게 물려가도 정신만 차리면 산다.

→ 문제는 도대체 정신을 차릴 수 없다는 데 있다.

◆ 피할 수 없으면 즐겨라.

→ 문제는 도대체 즐길 수가 없다는 데 있다.

◆ 지는 게 이기는 거다.

→ 분명히 지는 것은 지는 거다.

◆ 늦었다고 생각할 때가 가장 빠를 때다.

→ 늦었다고 생각할 때는 이미 많이 늦은 것이다.

◆ 천재는 99%의 노력과 1% 영감으로 이루어진다.

→ 중요한 건 이 말을 한 에디슨이 비범했기에 가능한 말이며,
   포기하지 않고 희망을 심어주기 위한 문장의 다름 아니다.
   타고난 것은 어찌할 수 없는 일이며, 기본적 재능의 부재는
   백날 해도 되지 않는 결과만 초래할 뿐이다.

◆ 그래도 기분 좋게 패배했다.

→ 세상 어디에도 기분 좋은 패배는 없다. 패배는 언제나 쓰다.

◆ 백지장도 맞들면 낫다.

→ 때로는 가만히 있는 게 도와주는 것이다. 간단한 일에 여러
  명이 달려들 필요는 없다.

아티스트 콤플렉스

대다수가 공감할 수 있도록
자연스럽게 행동하면 좋을 것을,
뭔가 자신에게는 보통 사람들은 범접할 수 없는
예술적 세계와 사상이 존재한다는 듯,
인위적으로 특이하게 오묘하게 현학적으로
도통 무슨 말인지 알아들을 수 없는 표현으로
자신을 포장하고 꾸며대는 사람들이 더러 있다.
사람들하고 있을 때 굳이 그러한 자신의 세계를
피력할 필요는 없다.
사람들하고 있을 때는 대다수가 알아먹을 수 있는
공통의 주제로 같이 웃고 즐기고 부조화를 지양하며 대화하면
되는 것이다.
설혹 그 대화의 내용이 '농담 따먹기' 위주일지라도 말이다.
참 어려운 것이다.
사람이 자신의 가치가 타인에게 높게 평가되고
훌륭하게 보이기를 원하는 욕구를 자제한다는 것은.

윤상바라기

윤상을 알고 나를 알면 백전무패.

될성부른 뮤지션은 윤상부터 알아본다.

입은 삐뚤어졌어도 말은 윤상! 해라.

오는 음악이 윤상이어야 가는 음악이 좋다.

갈수록 윤상.

같은 값이면 윤상치마.

늦게 배운 윤상에 날 새는 줄 모른다.

그림의 윤상.

뛰는 놈 위에 윤상 있다.

음악 놓고 윤상도 모른다.

보기 좋은 윤상이 듣기도 좋다.

열 길 물속은 알아도 한 길 윤상은 모른다.

하늘의 윤상 따기.

한 술 윤상에 배부르다.

윤상도 제 말 하면 왔으면 좋겠다…

상대방을 이해한다는 것

상대방을 온전하게 이해한다는 것은 전적으로 불가능하다.
이해한다는 것은 상대방의 현재를 비롯해서 수많은 세월 퇴적된
과거의 시간과 공간, 그리고 잉태 이전의 하나의 우주까지 모조
리 인지―많이 양보하자면 '최소한'의 어렴풋한 짐작 정도까지
라고 해두자―함을 말한다. 그렇다면 상대방을 이해한다는 것
에 있어서 '이해'라는 어휘가 차지하는 작은 일부분을 제외한다
면, 여남은 것은 무엇으로 채워져 있는가. 다름 아닌 '사랑'인 것
이다. 바로 지금이 사랑의 위대함이 발현되는 순간이다. 현재의
상대방을 포함하여, 상대방을 구성해왔던 사람, 배경, 사건, 감
정, 언어, 예술, 문화 등에 있어서 나의 것들과의 복잡한 불일치
에도 불구하고, 내가 상대방을 '이해한다' 혹은 '이해해보려 한
다'고 말할 수 있음은 대륙과 대륙 사이의 크나큰 간극을 일렁
이는 감동의 물결로 채워주는 푸른빛의 대양(大洋)의 태도에 비
할 수 있겠다. 이것이 '사랑'이라는 것 외에 도대체 무엇으로 설
명할 수 있겠는가?

동안, 그 참을 수 없는 가벼움

올해 스물다섯 살인 나는 노안이다. 본인 스스로도 그렇게 생각하며 주변 사람들이나 처음 만난 사람들에게서 그런 소리를 종종 들어왔다. 적게는 스물일곱에서 많게는 스물아홉까지 본연의 나이답지 않은 외모를 뽐내어왔다. 그리하여 본인 스스로 이노안의 원천이 궁금하지 않을 수 없었다. 그래서 내린 결론은 다음과 같다.

조금은 비과학적이고 모호한 이야기가 될 수도 있지만, 본인이 스무 살 이후로부터 점차 노안이라는 소리를 들었다는 사실과 깊은 관계를 맺고 있는 것을 알 수 있다. 말하자면, 본인은 스무 살 즈음부터 시작하여 급격하게 '성숙'과 '연륜'에 대한 지대한 갈망을 추구하였다. 나이든 사람이라고 해서 모두 해당되는 것은 아니지만, 소위 말해 나이 많은 사람이 가질 수 있는 보다 넓고 깊은 앎, 성숙함, 다양한 경험에 의거한 연륜, 선견지명 등의 요건을 갖추고 싶어했다. 그래서 스무 살 즈음부터 다양한 책, 영화, 음악 등을 섭렵하려 노력해왔고, 깊고 다양한 사고와 본인만의 확고한 가치관과 개성 및 올바른 시각을 추구하려 애써왔다. 또한 남녀관계에 있어서도 동갑이나 연상보다는 '레옹-마틸다', 즉 성숙함과 연륜을 갖춘 아저씨와, 또래의 남자들에게서는 흥미를 찾지 못하고 아저씨의 그런 항목들을 존경하고 사랑하는 'semi-성숙한' 소녀의 관계를 갈망했다. 물론 관계의 양상이 그렇다는 것이지 진짜로 소녀를 만나고 싶었다는 뜻은 아니다. 아무튼 이러한 여러 가지 연유로 본인의 노안은 본인의 나이 때를 뛰어넘으려는 적극적이고 왕성한 '정신 활동'에 있는 것으로 생각했다.

앞서 말했듯이 조금은 비과학적인 말일 수도 있지만, 본인은 인간이 스스로 추구하려는 마음과 생각하는 것으로 나아가려는 깊은 정신적 활동이 느릿하지만 점차 육체적으로 영향을 끼친다고 생각한다. 뭐 어찌 보면 본인의 노안에 대한 마지막 보루의 심정이 담긴 발언일지도 모른다. 아무튼 본인은 노안이라는 소리가 기분이 나쁘지는 않다. 이십 대의 노안이 삼십, 사십 대까지 결국 그 얼굴 그대로 간다는 희망적인 정설도 있지 아니한가.

노안이면 어떠하리. 어차피 시간에 비례하여 육체의 표피는 늙어가는 것. 하지만 정신과 마음만큼은 언제까지나 진취적이고, 정력적이고, 새로움을 향한 추구로 젊음을 유지하리라. 그리고 무엇보다 나는 나의 정신만큼이나 나의 외모를 사랑하나니!

〉덧붙이는 말

글의 제목으로 미루어, '동안-미성숙, 가벼움/ 노안-성숙, 무거움'으로 오해하지 말기를. 본인이 스스로 노안이라는 것에 큰 좌절과 무력감을 느끼지 않는다고는 하나, 은근히 축적된 노안에 대한 스트레스가 히스테리로 발현된 것쯤으로 이해해주면 되겠다.

_ 마음만큼은 누구보다 동안인 박현준

손빨래의 미학

너무 개운하고 뿌듯해서 담배가 참 맛있는 순간,
바로 격렬한 손빨래를 마치고 난 후.

오늘도 여름이라 해이해진 체력으로 인해
산더미같이 쌓여 있던 빨래를
1시간 반에 걸쳐 나이아가라 폭포 한(汗)을 흘려대며
손빨래를 마쳤다.
다년간에 걸친 손빨래의 고수로서 느끼는 거지만,
손빨래의 긍정적 효과는 실로 대단하다.
우선 정신적으로-이것은 세탁기를 이용한 빨래에도
해당될 수 있지만-맑아진다는 사실이다.
더러움으로 얼룩져 있는 옷들을 빨래 비누로 박박 문질러
퍽퍽 소리를 내며 앞뒤로 세탁하다 보면,
뭔가 추함과 더러움에 물들어 있을 내 마음과 정신까지도
깨끗이 씻겨 나가는 듯한 기분을 얻는다.
그리고 육체적으로-이것은 세탁기를 이용한 빨래에는 해당되
지 않을 것이다- 상당한 체력 소모를 요구하므로
땀의 배출이 매우 뛰어나고

옷을 빨 때 오른팔에 들어가는 반복된 운동으로 인해
팔뚝 살의 감소나 근력 증대 등 여러모로
다이어트에 효과적인 하나의 '운동'으로 대체될 수 있다.

그리고 모든 빨래들을 하나씩 하나씩 옷걸이에 걸어
욕실 철봉에 나란히 열거해놓고―나는 매우 정리벽이 있어
심지어 옷걸이들의 간격까지 기가 막히게 정렬시킨다―,
그것을 바라볼 때의 그 뿌듯함과 흐뭇함이란!

그렇게 빨래를 마친 후 복도에 나가 한강의 야경을 바라보며
태우는 담배 맛은 실로 맛있다. 그러고는 생각한다.
난 나중에 만약 결혼하게 되면 아내에게 사랑받을 것 같다고.
어질러져 있는 꼴 보지 못해 딱딱 정리도 잘 해놓고,
빨래도 예쁘게 잘하고, 설거지도 말끔히 잘할 수 있으니깐.

물론 남자로서 사회에서의 능력도 증대시켜야 하겠지만
밖에서 일한다고 안에서는 손 끝 하나 움직이지 않는 사람이
되고 싶지 않다.

이미 섬세하고 가정적인 성격으로 점철되어 있기 때문에
능력 있는 사람이 돼도 나 몰라라 하는 일은 없을 것이다.
사실 그것은 내가 섬세하고 가정적이기 때문이라기보다는,
집안일의 고단함과 무한함을 익히 알고 있기 때문일 것이다.
고로 어머니를 위시한 여인네를 섬겨야 할 일이다.

토이 스토리

〈토이 스토리 3〉을 봤다.

간만에 너무나도 잘 만든 영화를 만났다.

마지막에 앤디가 보니에게 자신의 추억이 담긴

장난감들을 넘겨주며 하나씩 소개해주는 장면에서 그만 울었다.

1995년 1편부터 이어진, 믿기진 않지만 무려 15년 전

내가 10살 때부터 시작된 동심의 세계 〈토이 스토리〉는

15년간의 화려함을 뒤로한 채 공연의 핵심 멤버들을

소개하는 것으로 막을 내렸다.

나도 나의 장난감들을 생각했다.

내가 버렸던, 아니 보낼 수밖에 없었던 그 수많은

레고와 지아이 유격대는 지금쯤 어디에 존재하고 있을까.

자취도 없이 사라졌을 거라 생각하니 가슴이 아프다.

어느 날 집 앞 분리수거함 주변에 버려져 있는

장난감을 본 적이 있다.

꼬마 숙녀가 타고 놀았을 법한 분홍색의 미니 자동차였는데,

그걸 보는 순간 몹시 애틋한 기분에 휩싸여

한참을 바라보고 있었다.

한때는 꼬마 숙녀가 애지중지했을 그 장난감이

이제는 습하고 어두운 쓰레기 더미 사이에 있는

신세가 되었다는 것이 처량했다.

이제는 시시해진 미니 자동차를 졸업하고

또 다른 무언가에 흥미를 느끼며,

새로운 세상으로 뻗어 나가며 자라고 있을

꼬마 숙녀의 모습이 궁금했다.

한때는 없으면 안 될 것처럼 사랑하다가

또 어느 순간부터는 언제 있었냐는 듯

단번에 잊고 살아가기도 하며,

새롭게 만나고 새롭게 헤어짐을 무수히 반복하는

삶의 순리가 의당 자연스러운 것으로 여겨졌으나

한편으로는 쓸쓸함을 감출 수 없었다.

이렇게 세상과 맞닿아 때론 부서지고 더러워지고 퇴색되고

바래져버린 어른들도 〈토이 스토리〉에 감동을 받는다.

어쩌면 '동심'이란 너무도 눈부시고 순수한 것이어서

잠시 잊어버릴 수는 있어도,

결코 잃어버릴 수는 없는 것인지도 모른다.

행복이란

3개월의 시한부 삶을 선고받은 사람이 있다.
물론 그 3개월 사이 어떠한 선고도 받은 적 없는
사람들이 사고로 혹은 여러 가지 이유로 죽을 것이다.
하지만 미래를 알고 있느냐 없느냐는 엄청난 차이가 있다.
자신이 3개월 후에 죽게 된다는 사실을 알고 있다는 것은
어떤 의미일까.
아, 언제 죽게 되는지 알 수 없다는 것이 얼마나 행복한 일인지.
더불어 죽음을 포함하여 세상 모든 일이 한 치 앞도
알 수 없으니 살아갈 재미와 가치가 있는 것 아니겠는가?
정말 행복한 줄 알아야겠다.

덧붙여 우리들은 살아가며 큰 행복, 작은 행복이라는 말로
행복의 크기를 구분하여 말하곤 한다. 예를 들어,
어떤 대단한 성공과 부와 명예를 큰 행복이라 단정하고(또 그것들
이 크거나 작거나 부정적이라는 얘기도 아니다. 그것 또한 그냥 '행복'이다),
"나는 좋아하는 사람과 함께 맛있는 음식을 먹을 때와 같이
일상의 '작고', '사소한' 것에서 행복을 느낀다"라고 말하는데,
아니 왜 그것이 '작고', '사소한' 것인가?

행복이란 다분히 상대적이고 개인적인 것이라

설명하기 힘든 부분이 없지 않아 있지만,

오히려 그 상대적임 때문에 우리들은

더 행복을 느껴야 할 것이다.

밥을 먹고, 걸어 다니고, 음악을 듣고, 대소변을 싸고,

잠을 자는 등의 행위들이 결단코 '작은' 행복이 아닌,

더 나아가 '작은'도 '큰'도 아닌 '행복' 그 자체임을

알아야 할 것이다.

상투적인 문장으로 말하자면 결코 행복은 멀리에 있지 않다.

아주 가까이에 자기 자신 곁에 '항상' 붙어 있다.

이제 그 바로 옆에 있는 그 행복을 느껴주기만 하면 된다.

그리고 나보다 더 어렵고 아프고 힘든 사람들을 생각하면서

항상 감사하며 살아가는 마음가짐까지 갖춘다면!

술에 취한 귀갓길에서

술을 새벽까지 달리고 첫 차가 다닐 즈음 귀가할 때에 드는
자괴감 중 하나는 다음과 같다.

만약 지하철을 이용했을 경우,
새벽까지 놀고 마신 나와는 반대로 꼭두새벽에 일어나
삶을 연명하려 아침부터 첫 차로 어디론가 향하고 있는
사람들의 모습을 봤을 때다.
하나같이 그들의 얼굴에는
세상의 무게에 짓눌린 듯 고단함이 묻어나 있다.
아, 그들이 전쟁터로 나가기 위한 충전의 수면을 하는 동안
나는 왜 이렇게 놀고 먹고 마시고 이제야 귀가하는 것인가
하는 죄책감으로 인해 얼굴이 붉어진다.

그리고 지하철의 경우보다 한층 더 심한 자괴감이 들 때가 있는데,
그건 바로 택시를 이용했을 경우다.
예전에도, 그때도, 거의 매번, 심지어 오늘도!
그 시각 택시를 타면 왜 항상 기사님들은
〈손석희의 시선집중〉을 애청하고 있는 것인가!

아, 손석희 씨의 그 정갈하고 냉철한 음성은
술에 찌들어 뒷자리에 너부러져 있는 내 모습과
어쩌나 그리도 상반되는지….
매일 그 새벽 시간 라디오 방송을 위해
쩔러도 피 한 방울 나오지 않을 냉철함으로
규칙적인 생활을 할 손석희 씨를 생각하니
대중없이 불규칙적인 생활을 하는 나의 모습이
그렇게 한심하게 느껴질 수가 없다.

아, 〈손석희의 시선집중〉.
집중 안 하려고 해도 안 할 수 없는 그의 음성.
언제나 그렇듯 술이 확 깬다.
마치 이건 홍사덕 의원이 소름끼치도록 노려보고 있는
표지가 인상적인 저서 《지금, 잠이 옵니까?》를
만났을 때의 경각심 그 이상이다.

물론 즐겁고 소중하고 의미 있던 술자리.
하지만 한 번 더 생각해본다.

무엇이 선(先)이 되어야 할는지.

과연 나는 내 앞가림이나 하고서

놀고 먹고 마시고 있는지

다시 한 번 더 생각해볼 일이다.

가장 철저한 퇴고

가장 철저한 퇴고는

사랑하는 그대에게 보내는 글에서 행해진다.

글자 하나하나 옥석 가려내듯 신중하다.

시간 가는 줄 모르고 썼다 지웠다를 반복한다.

나의 사랑을 얼핏 짐작하도록 살짝 담아볼까 하다가도

이내 부끄러워져 아닌 척하기도 하며

고민하고 갈등하는 그 모습이 눈물겹다.

그만큼 사랑에는 인내와 퇴고의 과정이 절실하다.

청춘의 바래다주는 길

이십 대 청춘의 바래다주는 길.

내가 차를 소유하고 있지 않아서 하는 소리는 아니고,
바래다주는 길은 뭐니 뭐니 해도
차에 태워서 집 앞에 턱하니 내려주는 것보다는,
같이 손잡고 거닐어 사람들 속에 묻어가며
구경도 하고 사람들 흉도 보고 지하철 타고 버스 타고서
그녀의 집 앞에 도착한 다음, 마지막에는
잡은 손을 놓으며 헤어짐의 아쉬움을 잔잔하게 느끼며
뒤돌아서 쓸쓸하게 걸어가는 그 모습이 제맛이지.
더불어 김민우의 노래 '사랑일 뿐이야'에서 나오는
너의 집 앞을 비추는 골목길 외등 아래서
떨리는 입맞춤까지 갖는다면야 금상첨화.
뭐 물론, 뭐 물론…
뭇 여자들은 좋은 차 조수석에 앉아
로맨틱한 음악과 함께 편하게 이동하여
마지막 입맞춤도 차 속에서 하길 원하겠지만 말이다!
차가 없으니 이렇게라도 생각해야지 뭐 어쩌겠냐고.

아저씨론(論)

내가 좋아하는 배우, 김윤석.

아직도 그가 영화 〈거북이 달린다〉에서 한 대사가 아른거린다.

싼티 나는 다방 레지가 온갖 교태를 부리며 콧소리로

오빠~오빠~거리며 회를 사달라고 조른다.

그때 김윤석이 세계에서 제일 시크하고 찰진 어조로 한 대사가

정말이지 일품이다.

"오빠여? 아빠여?"

정말 들어봐야 안다.

그의 헝클어진 머릿결, 혹은 윤상이 연상되는 가르마 헤어스타일,

산발적으로 돋아 있는 거친 수염,

그까짓 건 별로 중요치 않다는 내려놓음의

아저씨 마인드가 녹아 있는 퍽 술로 얼룩진 뱃살,

시사회 전날에도 거침없이 술을 마시며

당일 잔뜩 부은 얼굴로 등장할 수 있는 배짱,

심해로 가라앉는 무거운 돌 같은 중저음의 목소리,

무엇보다도 그런 거침없는 삶과 일상이 녹아 있는 듯한

너무도 자연스럽고 놀라운 연기력.

정말 멋있고 멋있다.

원빈과 같이 비현실적인 외모를 지닌 사람이
영화의 히트와 더불어 '아저씨'의 표상이 되는 것은 온당치 않다.
그런 아저씨는 없다.
사실 없다고 믿고 싶다. 내가 생각하는 '아저씨'의 표준 이미지는
다음과 같다.
술을 사랑하는 마음에서 비롯된 든든한 뱃살을 위시하여
어느 정도 고난에는 흔들리지도 않는 초연함,
추-욱 늘어나 있는 하얀 난닝구, 거친 피부, 수염, 눈빛, 담배,
귀찮음, 부질없음, 신경 쓰지 않음, 과감함,
더불어 어느 정도 능력 있음의 요건까지 말이다.
이렇게 자꾸만 열거하다 보니 뭔가 원빈과 같은 아저씨가 될
가능성이 없는 내가
애써 정당화하며 방어벽을 치고 있는 것처럼 보일지도 모르겠지만,
진심으로 나는 원빈 아저씨보다 김윤석 아저씨가 훨씬 멋있다.

아무튼 나도 어떤 식으로든 멋진 아저씨가 되고 싶다는 이야기다.

그래야 마틸다 같은 맹랑한 계집아이가

아자씨~아자씨 하면서 의지하지 않겠는가.

다시 한 번 말하지만 소녀를 만나고 싶다는 건 아니다.

요컨대, 나는 흔들리지 않는 묵묵한 나무가 되고 싶다.

허나 '아저씨'를 만드는 건 8할이 세월이기에

나는 퍽 서투른 마음으로 청춘을 소비하고 있겠다.

그 모든 흥망성쇠의 시간들을 잘 퇴적시켜나가겠다.

그리하여 '아저씨'라는 굳건한 지층으로 존재할 수 있기를.

입법 청원

경범죄처벌법에 다음의 법안을 통과시켜주시길 바랍니다.

....

구입한 지 일주일도 채 되지 않은 새하얀 운동화를 고의로
혹은 본의 아니게 밟아서 더럽히게 한 자는 과료에 처한다.
과료는 피해자가 받은 정신적 충격과 분노의 정도에 따라
오천 원 이상 이만 원 미만으로 한하기로 한다. 물론 고의로
밟은 자는 가중처벌에 해당되며 얄짤 없이 과료 삼만 원에
처하는 동시에 피해자가 가해자의 운동화를 세계에서 제일
싸가지 없이 짓밟을 수 있는 한 번의 기회를 허용하기로 한다.

분노의 질주

밤에 운동하러 나갔다가 본 예쁜 광경.

서강대교 진입로 앞에서였다.

한강으로 내려가는 계단이 있다.

여자가 더 아래쪽 계단에 서서

몇 계단 위쪽에 서 있는 남자를 사랑스럽게 바라보고 있었다.

둘의 옆에는 노오란 개나리꽃이 참 예쁘게 펴 있었다.

둘은 한마디로 연인들의 유치한 놀이 중 하나인

가위바위보로 한 계단씩 올라가기 놀이 중이었다.

계속 져서 삐쳤는지 아래쪽에 있는 여자가

귀엽게 투정부리는 듯 지은 표정이 보기에 참 좋았다.

여자의 얼굴이 개나리꽃과 함께 어우러져

아름다운 여인의 얼굴을 꽃과 동일시했던

쌍팔년도 남녀의 대화가 떠올랐다.

남: 자, 여기 당신을 위해 장미꽃 10송이를 준비했어요.

여: 으음, 10송이가 아니고 9송이인걸요?

남: 왜요, 당신의 아름다운 얼굴까지 해서 10송이잖아요.

여: ♥.♥

나: ……………………………

으으윽, 갑자기 추워진다. 얼른 각설하고,

아무튼 약 3초간의 스쳐 지나가는 사이

예쁜 연인들의 모습을 보고는 웃기지도 않게

나도 애인이 있었으면 좋겠다는 생각이 얼핏 듯었지만

애인은 무슨.

다시금 정신 통일을 하고는 그 어느 때보다도

더욱 격렬하게 서강대교 위를 질주했다.

그건 절대 (차인표식의) 분노의 질주는 아니었다.

감내는 셀프다

자신의 고통을 섣불리 피력하지 말 것.
상대방에게 현재 자신의 고통을 알아달라며 투정부리지 말 것.
상대방의 진심 어린 공감을 애초에 기대하지 말 것.
상대방이 현재 자신의 고통을 온전히 이해할 수 있을 때는
상대방도 같은 고통을 느끼게 될 때뿐이라는 것.
결국 고통은 자기 스스로 감내해야 함을 잊지 말 것.

하늘 말고 땅 바라보기

고개를 들어 하늘을 바라보면 아름다움을 느낄 수 있다.
태양이 비치고, 별이 반짝이며, 구름이 넘실대고,
달이 그윽하게 떠 있으며 새들이 날아다니곤 한다.
나는 찬란하게 맑은 날 아이의 엉덩이같이 몽실몽실한
하얀 구름이 떠 있는 파란 하늘을 너무도 사랑한다.
까만 밤하늘에 수놓아진 별은 또 말해야 뭐하겠는가.
담배를 피울 때에도 하늘을 향해 연기를 내뿜어야 제맛이다.
이렇듯 우주의 기가 축적되어 있는 근본의 땅을 비롯해
이 땅에 펼쳐진 온갖 자연물들에 시선을 주기보다는
뭔가 닿을 듯 말 듯 아련한 하늘이 더 좋았다.

그런데 오늘부터 왠지 하늘보다 땅을 바라보는 일이
더 많아질 것 같다. 꽃과 나무의 진가를 뒤늦게 깨달았기 때문도
아니고 흙이나 미물들에 관심을 돌려보고자 함도 아니다.
그건 바로 오늘 밤 운동 중에 길에서 만 원을 주웠기 때문이다.
제 아무리 구겨진 채로 바닥에 나뒹굴고 있었지만
이 어찌 아름답고 소중하지 않을 수 있었겠는가.
실제로 무척 아름다웠으며 고이 접어 주머니 속에

품었을 때에 내 가슴에서 몽글몽글 피어나는 그 행복감이란!
하여 나는 당분간은 고개를 숙여 땅 이곳저곳을
면밀히 관찰하는 습성을 버리지 못할 성싶다.

밥값

언제나 나를 위한 맛있는 음식들로 가득 찬 밥상,
날이 갈수록 그 밥상이 허전해졌으면 좋겠다.
난 무엇 때문에 이렇게 먹고 있는가 생각한다.
과연 나의 이 사치스러운 인풋이
어떠한 아웃풋으로 소생되었는지 의심스럽다.
그것이 다만 똥과 오줌이었다면 난 왜 먹었는가.
이젠 어머니의 정성 어린 밥상을
그저 밥상으로만 받을 수 없는 그런 나이.
맛있다며 꾸역꾸역 먹기에는 민망한 나이.
더 이상 자랄 것도 없는데 먹어서 무엇 하나.
아이는 자라기 위해 밥을 먹는다지만
어른은 잘하기 위해 밥을 먹어야 한다.
세상의 모든 어머니들은 무조건적이지만
적어도 밥상 차리는 일은 조건적일 수밖에 없다.
하루 삼시 세끼 열흘 백날 천일 수십 년 동안
밥상을 차리는 일은 희망 없인 불가능하다.
자, 이제 자랄 것 없는 다 큰 어른이 되었으니
그간의 밥상에 대한 도리를 하는 것이 옳다.

도리인즉 밥값을 하는 것일 터이니

쓸모 있고 생산적인 사람이 되어야 할 것이다.

그래야 난 앞으로의 밥상을 그래도 조금은

덜 송구스러운 마음으로 맞이할 수 있겠다.

그리고 조금은 떳떳한 어조로 말해야겠다.

자―알 먹겠습니다!

요플레 껍질

요플레 껍질을 뜯어내고 껍질 안쪽에 한아름 묻어 있는
요플레를 개의 혀처럼 한껏 빼고서는 맛나게 핥아보자.
그러면 너도 나도 우리 모두 누구나 에로틱 섹시 스타.

메인 컵에 담겨 있는 요플레의 흔적은 남길 수 있어도
요플레 껍질에 묻어 있는 요플레는 티끌만큼도 남길 수 없다는
그 열정은 어디에서 비롯되는가.
껍질에 꽤나 극적으로 묻어 있는 요플레가
마치 덤인 것과 같은 느낌과 더불어
좀 더 간절하고 소중하게 여겨져서일까.
이건 마치 쭈쭈바의 꽁다리를 세차게 빨아대는 것과 비슷한 걸까.
그러나 컵에 담겨 있는 요플레나 껍질에 묻어 있는 요플레는
다 같은 요플레일 뿐이지 않은가. 그렇다면
우리는 껍질에 묻어서 위치적 희소가치를 발하고 있는
요플레에 대해 좀 더 남다른 애정을 느끼고 있는 것일까.
마치 그것은 우리에게 주어진 덤이라고 생각되어
보다 더 소중한 마음을 품게 되는 것일까.
아무튼 껍질에 묻은 요플레를 핥을 때에는 알 수 없지만

절박하고 간절한 어떤 느낌이 드는 것도 사실이다.
그리고 실제로 더 맛있게 느껴지는 것도 사실이다.

요플레 껍질을 뜯어내고 껍질 안쪽에 한아름 묻어 있는
요플레를 개의 혀처럼 한껏 빼고서는 맛나게 핥아보자.
그러면 너도 나도 우리 모두 누구나 에로틱 섹시 스타.

행언일치

"이 눈부신 봄날 새로 피어나는 꽃과 잎을 보면서
무슨 생각들을 하십니까?
각자 이 험난한 세월을 살아오면서
참고 견디면서 가꾸어온 그 씨앗을
이 봄날에 활짝 펼쳐보기 바랍니다.
봄날은 갑니다. 덧없이 지나가요.
제가 이 자리에서 미처 다하지 못한 이야기는
새로 돋아난 꽃과 잎들이 전하는 거룩한 침묵을 통해서
듣기를 바랍니다."

다큐멘터리 〈법정 스님의 의자〉를 봤다.
한 말씀 한 말씀이 나의 폐부를 찌르며 넋을 잃게 했다.
한 겹 한 겹 고요하게 축적되어 마지막에는 눈물이 났다.
알다시피 어려운 이야기는 없다. 모두가 다 아는 이야기다.
그러나 법정 스님의 말씀에서 강한 힘을 느낄 수 있었다면
그건 바로 말씀에 앞서 실천하는 삶이 있었기 때문일 것이다.
맞다. 나는 어차피 세속에 근거하는 사람일 뿐이다.

법정 스님의 말씀이 좋은 말씀들이지만 실천하며 살아갈
자신은 없다. 무소유, 버리고 떠나기, 자연에서의 삶.
도대체 내가 무엇을 다 버리고 어디로 떠날 수 있겠는가.
하지만 내가 강하게 다시 한 번 느껴 실천해보고 싶은 것은
바로 행동이 앞서는 삶이다. 나도 어쩔 수 없이 경거망동해서
퍽 말이 앞서는 경우가 많다. 그렇다면 힘을 잃게 될 것이다.
나의 고요한 말 한 마디 한 마디에 생명력을 지니고 싶다.
언행일치. 아니 지금부터 글자의 순서도 바꿔보고자 한다.
행언일치. 말과 행동이 일치하는 것보다 더 큰 힘을 얻고자
행동으로 보인 후에 자못 대수롭지 않게 한 마디 거들고 싶다.

죽을 것같았던 시절

그것 아니면 죽을 것 같다고 생각했던 그 모든 시절들.

그녀가 아니면 안 된다고 생각했지만 그녀가 아니어도

난 이렇게 몇 년이 더 흘러 추억하며 웃을 수 있고,

길거리에 다닐 때 MP3가 없으면 죽어도 못 다닐 것 같았지만

술 취해 잃어버린 후에는 또 곧잘 음악 없이도 걸어 다니더니

어느덧 없이 다니는 게 익숙해져서 처음부터 그랬던 것처럼.

이렇게 몇 번 겪고 나서 이젠 그 무언가가 아니어도 죽지 않는

나를 알게 되니깐 이젠 도리어 그것이 없어져도 예전처럼

슬퍼하거나 절박해하지 않는 내 모습이 오히려 슬퍼.

모든 것에 극한의 감정으로 나를 내몰았던 그 시절이 그리워.

잃어버린 것들, 떠나보낸 것들, 내가 지나온 그 모든 것들이

두 번 다시는 잡을 수 없는 유일한 것이었다는 것을 온전히

느낄 수 있었던 그 시절이 그리워.

타타타

그 어떤 것에도 의미를 부여하고 싶지 않다. 그냥 부질없다.
그러나 때로는 그 모든 것들에 기어코 의미를 부여한다.
나의 착한 짓, 못된 짓, 자랑스러운 짓, 부끄러운 짓 등
헤아릴 수 없는 다양한 짓들이 정신없이 흩어져 있다.
나를 가장 잘 아는 게 과연 나 자신이 맞는지도 의심스럽다.
사실 도통 나도 내가 어디서부터 어디까지인지를 알 수 없다.
그러면서 나에 대한 혹자의 섣부른 평에 대해선 기를 쓰고서
발끈한다. 네가 뭔데 나에 대해서 규정하고 설파하느냐고.
돌이켜보니 어쩌면 그들이 맞았을 수도 있다. 지푸라기라도
잡는 심정으로 마지막 남은 최후의 선은 지키고 싶었으리라.
자신에 대한 객관적이고 통렬한 시선이 바로 자기 자신에게
존재할 거라는 생각은 절대로 양보할 수 없었으리라.
그 어느 것 하나 제대로 알 수 없는 이 복잡다단한 세상 속에서
한낱 자기 자신조차도 알 수 없다면 퍽 슬플 테니깐.
허나 현 시점부터 나는 기꺼이 그 생각을 양보하리라.
타인들의 경솔한 말씀들 하나하나 묵묵히 들어보리라.
정처 없이 떠도는 그들의 언어 속에 어쩌면 내가 몰랐던
혹은 내가 망각하고 있었던 나의 한 조각이 내재되어 있을지도.

무턱대고 부정하지 않으리라. 나를 미화하지 않으리라.

물론 그렇다고 해서 무턱대고 나를 미워하지도 않으리라.

이 사회 속에서 살고 있는 한 완벽하게 벌거벗을 수는 없고

오직 나만 아는 이야기는 무덤까지 나만 아는 이야기이다.

이미지로 보이는 것이 전부가 아니란 건 아마도 모두 각자가

제일 잘 알고 있을 것이다. 하지만 삶은 결국 이미지.

자멸하지 않는 한 이미지는 이미지다. 매우 중요하다.

새벽 여섯 시가 넘어버렸고 과연 부득부득 써내려간 두서없는

이 글이 도대체 무슨 의미가 있는가 하고 다시금 염세적이 된다.

그저 나는 난 도대체 뭘까 궁금했고 나 자신이 좋았지만

나 자신이 너무도 싫었고, 이미지로 얼룩진 이 글로라도

스스로에게 속죄하는 심정을 가지고 싶었을 뿐이다.

마지막으로 접시를 깨뜨리자던 어느 가수의 노랫말을

벗 삼아 이 내 심정 조금이나마 정화시켜본다.

네가 나를 모르는데 난들 너를 알겠느냐

한 치 앞도 모두 몰라 다 안다면 재미없지.

부질없지 않은 빈대떡

왜 이야기의 끝엔 항상 부질없다고 말하는 내가 있는 걸까.

뭘 안다고, 뭘 얼마나 살아봤다고 습관처럼 그러고 있는 걸까.

고개를 가로저으며 결론은 의미 없다고 말할 수 있는 걸까.

내가 제일 싫어하는 말이 '인생 뭐 있어?'라는 말인데.

욱하는 심정으로 '뭐 있어! 새꺄!' 하고 엿 먹이고 싶었는데.

모든 순간순간이 유의미한 시간들이었다고 생각했는데.

설혹 무의미한 시간이었다고 해도 뭐 어때? 무의미했던 것

그 자체로도 무의미한 의미가 있었다고 생각할 수 있잖아.

그래, 어쩌면 다소 억지스러웠던 의미 부여들의 이면에는

불안한 상태의 나 스스로를 구해주고 싶어서였는지도 몰라.

무의미한 건 무의미한 거겠지. 무슨 의미가 있겠어?

그래도, 난 그 어느 것에서도 의미를 찾고 싶은 심정이다.

아무 의미 없다, 다 부질없다고 염세적인 태도를 보이는 것도

사실은 모든 것에서 의미를 찾거나 느끼려고 하는 혹은

삶을 살아간다는 것에 매우 애착을 가지고 있는 내 마음의

반증이 아닐까.

대관절 나는 도대체 무슨 의미를 갖고 삶을 대하고 있는 걸까?

당신이 몇 살이건 지금까지 먹어본 빈대떡의 맛은 잊어라.

그 빈대떡의 시간들은 무의미한 시간들이었는지도 모른다.

아니 내 지론대로라면 결코 무의미한 빈대떡은 아니었을 테지.

하지만 그대가 종로 빈대떡과 조우한다면

어쩌면 무의미했다고 느낄지도 몰라.

그 빈대떡을 먹는 순간 삶은 다시금 유의미함으로 다가올 거야.

그래 맞아, 삶의 의미란 '어후 어후 진짜 너무 맛있어!' 하고

외치며 먹는 그런 빈대떡 속에 담겨 있는지도 모르지.

아무튼 '가자 장미여관으로!'라고 외치고 싶지만 애인 따위

있을 리 만무하니깐 일단 접어두고,

가자 종로 빈대떡집으로!

이별의 그늘

작업실에서 녹음을 마치고 신논현역 앞에서 택시에 올라탔다.
운전대를 잡고 계시는 건 50대 즈음으로 보이는,
미모가 아주 고운 여성 기사님이셨다.
라디오에서는 편안한 음성의 여성 DJ가 나지막하게
사연을 읽어나가고 있었다.

"어디에 사는 누구께서 신청하셨습니다. 윤상의 이별의 그늘."

앗, 고된 녹음이 끝나고 귀가하는 길 반가운 선곡이었다.
아직 음악이 시작되기 전 기사님께서 미리 볼륨을 조금
올리시는 1차 행동 발견.

이윽고 그 유명한 인트로가 시작되고 있었고,
기사님께서 클랙슨 부분을 손가락으로 베이스 드럼에 따라
꽤나 정확하게 두드리시는 2차 행동 발견.

그러는 동시에 다시금 볼륨을 더 올리시는 3차 행동 발견.

심상치 않은 기운이 느껴져 나는 입을 열었다.

"기사님, 윤상 좋아하시는가 봐요?
손가락으로 리듬도 타시는 거 보니까요!"

기사님은 반색하시며 "네! 저 이 노래 정말 좋아해요!"라고
말하신다. 이에 나도 한껏 격양된 음성으로 대답했다.

"하하, 그러시구나. 저 제일 좋아하는 가수가 윤상이거든요!"

기사님은 마음 놓고 볼륨을 화끈하게 더 높이신다.
늦은 새벽 라디오 소리를 소음으로 여길 수도 있는 낯선 승객이
같은 취향으로 합치되어 편안한 친구로 허물어지는 순간.
친구가 된 순간부터 기사님은 과감히 4차 행동을 개시하신다.

따라 부르신다. 큭큭.
그것도 감정 이입하여 열창하신다.

갑자기 위 아 더 월드 정신이 돋아나며 나도 따라서
열창하려던 것을 꾹 참았다. 무슨 인터넷 유머 게시판에 있을 법한
오글거리는 오버 상황이 연출될 것에 대한 소름 돋음으로.

이별의 그늘에 기사님의 추억 하나,
이별의 그늘에 나의 추억 하나.
그렇게 노래에 품은 시절과 추억은 다르겠지만 결국
같은 노래로 하여금 우리는 서로의 추억을 불러올 수 있었다.
그런 노래를 만들 수 있으면 좋겠다는 생각 또한 해본다.
가슴속에 모락모락 미소가 피어나는 귀갓길이었다.

죽음BGM

개인적으로 죽음에 임박했을 때 마지막으로 음악을 들을 수 있는 시간이 주어진다면 나는 여지없이 엔니오 모리꼬네(Ennio Morricone)의 음악을 듣겠다. 그중에서도 단연 'Once Upon A Time In America'와 'Deborah's Theme'를 듣겠다. 자조 섞인 미소와 회한에 젖은 눈물로 지난날을 추억하기에 더없이 제격일 것이다. 마치 영화 〈시네마 천국(Cinemma Paradiso)〉의 후반부에서 중년의 토토가 극장에서 지난 필름들을 보며 풍기던 그 느낌들처럼 말이다. 혹은 영화 〈원스 어폰 어 타임 인 아메리카(Once Upon A Time In America)〉의 엔딩 장면, 마치 이 장면을 위해 그 긴 러닝 타임을 달려왔다는 듯 모든 걸 함축적으로 담고 있는 로버트 드 니로의 그 미소처럼. 그러나 한편 선택적인 죽음에서는 또 다른 이야기를 할 수 있는데 소싯적(지금도 젊긴 하다)의 객기인지 아니면 그놈의 예술적 타령인지는 몰라도 예전부터 이른바 '죽음BGM'이라 명명하여 선곡한 음악들이 있다. 그것은 바로 쳇 베이커(Chet Baker)의 'My Funny Valentine', 제베타 스틸(Jevetta Steele)의 'Calling You', 조니 미첼(Joni Mitchell)의 'Both Sides Now', 노땐스의 '자장가' 정도이다. 혹시라도 죽음을 꿈꾸고 있는 누군가에게 조심스레 추천(?)해주고 싶을 정도로 매우 음울함으로 얼룩져 있는 곡들이 아닌가 싶다. 이 곡들과 함께 자살하는 순간의 풍경을 다비드의 명화 〈마라의 죽음〉에 감정 이입하여 동일시하며 동경했으니 참으로 젊음의 치기 혹은 그냥 꼴값이 아니었나 싶다. 그러나 중요한 건 죽음이란 언제나 우리 곁에서 우리의 생을 삼키기 위해 도사리고 있으므로 어떠한 죽음의 형태가 되었든 간에 미리 마지막을 대비해두는 것이 좋지 않나 싶다. 음악 없는 삶이 불가능하듯이 음악 없는 죽음이 아니었으면 좋겠다. 생의 희로애락에 언제나 음악이 함께했듯이 죽음의 순간에도 음악이 어떤 특별한 역할을 하는 것도 아닌, 그렇다고 아무 쓸모도 없어지는 것도 아닌 자연스럽게 곁에 있는 것이 되었으면 좋겠다. 아무튼 실상은 사경을 헤매느라 음악 들을 겨를이 없을 테지만 딱 한 번 마지막으로 'Once Upon A Time In America'를 들을 수 있었으면 좋겠다.

술은 좋다 그래서 나쁘다

술은 좋다. 그래서 나쁘다.

더없는 애증관계.

술은 나에게 기쁨을 주었지만 그보다 더한 고통을 주었다.

성인이 되고부터 술을 마시기 시작한 것 같다.

참 많이도 마셨던 것 같다.

술자리에서 퍽 호쾌함으로 분위기를 리드하는 것이

남자로서의 멋이라 생각했다.

소주잔에 입술을 대지 않는 것이 철칙이었다.

소주는 모름지기 한 입에 털어 넣어야 멋이라 생각했다.

안주를 꾸역꾸역 축내는 것은 멋지지 못한 것이라 생각했다.

그보다는 물만 한 게 없다며 물만 벌컥벌컥 마셔댔다.

간단히 한잔하는 건 무의미하다고 생각했다.

모름지기 주종을 넘나들며 2, 3차는 가야 한다고 생각했다.

취해도 취하지 않은 척해야 한다고 생각했다.

토악질을 했어도 하지 않은 척해야 한다고 생각했다.

술자리는 마지막까지 지켜야 한다고 생각했다.

술은 곧 인생이며 예술이며 낭만이며 멋이라 생각했다.

남자든 여자든 술을 마시지 않는 사람은 재미가 없다고 생각했다.

그들은 낭만이며 멋이며 인생의 깊이를 논할 수 없다고 생각했다.
특히 남자가 술 앞에 빌빌거리면 우리의 우정은 그가 마신
술의 잔 수 딱 그냥 거기까지라고 생각했다.

근데 그랬던 나도 어느새 소주잔을 꺾기 시작했다.
술로 인해 나는 '후회'라는 것을 제대로 알기 시작했다.
경거망동 술자리는 뜨겁게 타올랐지만 다음 날은 너무도 초라했다.
몸은 여기저기 망가져가는 듯했고 숙취는 무척 괴로웠다.
술에 취해 길거리 어여쁜 여인의 연락처를 알아내기도 했다.
다음 날 부끄러운 현실에 다시금 연락처를 지워버리곤 했다.
사람 마음 갖고 장난 친 것 같아 참으로 후회스러웠다.
술에 취해 많은 것을 잃어버리기도 했다.
애인이 처음으로 준 선물을 넣어둔 가방째로 잃어버렸다.
그 안에 들어 있었던 고가의 전자제품도 잃어버렸다.
지갑도 잃어버렸다. 어디로 가고 있는지도 잃어버렸다.
사랑도 잃어버렸다. 술에 취해 뜨거운 밤을 보내지 못했다.
술에 취해 괜한 쓸데없는 소리들을 지껄여댔다.
타인에게서 받기 싫은 평가를 받기도 했다.

술에 취해 다른 테이블의 사람과 시비가 붙기도 했다.
술에 취해 오른 무대로 공연을 완전히 말아먹기도 했다.
무엇보다도 술로 인한 나의 건강 걱정으로 일념이신
어머니의 가슴을 아프게 했다.
이제는 그 숱한 후회와 자괴감과 자책감이 인생을 좀 더
풍요롭게 해주는 핵심이라 자위하고 있다.
왜 그랬을까 왜 그랬을까 하고 미친 듯이 괴로워하고
고통스러워한들 다시는 돌이킬 수 없는 그때이리라.
허나 고통스러워한 만큼 나는 조금 더 성장할 수 있을 거라
믿으며! 하아… 정말 그렇게라도 믿으며 살 수밖에 없다.

나를 가르치는 건 언제나 시간이라 말하던 김남조 시인에게
나는 나를 가르치는 건 언제나 술이라 응답하리라.
하지만 분명한 사실은 술을 계속 마시게 될 것이다.
물론 더불어 후회와 고통도 계속 당하게 될 것이다.
어쩌면 후회하기 위해 살고 후회하기 위해서 이따위
글을 끼적이고 있는 건지도 모르겠다.
부질없다.

결론은

술은 나쁘다. 그래서 좋다.

2장

서른으로

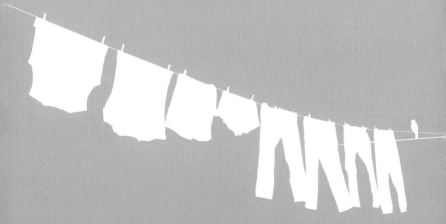

아기 우산

저녁 이후에 비가 온다는 얘기를 들었지만
낮에 나가면서 우산을 들고 나가지 않았다.
비 오는 날을 너무 싫어하고 비에 젖는 것도
너무나 싫어하기 때문에 오히려 더 그랬다.
내가 마치 제사장인 마냥 내게 우산이 없으면
하늘이 나를 알아보고 비를 철회할 거라 믿었다.

무척 덥다. 땀 흘리며 간 나만의 독서 공간인
홍대 커피숍에서 읽다 만 소설책을 다 읽는다.
그러고는 연습을 좀 해볼까 해서 회사 녹음실로 간다.
얼마쯤 노래했을까 역시나 비가 내리기 시작한다.
생각보다 훨씬 두꺼운 빗줄기가 쏴아 내리친다.

묵살된 나의 믿음을 위로하기라도 하듯 녹음실에는
우산이 하나 있다. 귀여운 곰돌이 캐릭터가 그려진
노란색 우산. 주인의 유무를 알기 위해 팀장님에게
물어본다. 1년 전쯤 아기가 놓고 간 우산이란다.
펴보니 꽤 작다. 앙증맞은 노란색 아기 우산.

'1년 전 아기가 놓고 간 우산'이라는 문장이 묘하게
나를 이끈다. 나는 아기 우산을 쓰고 가기로 한다.

생각보다 빗줄기가 너무 세다. 다 젖기 시작한다.
바지도 젖고 가방도 젖고 어깨와 팔도 젖는다.
그래도 머리와 얼굴과 안경은 젖지 않는다.
길거리 가판대에서는 아기 우산보다 큼지막한 우산들이
팔리고 있다. 나는 무심히 그것들을 지나친다.
아기 우산은 나의 덩치와 꽤나 불균형을 이룬다.
더욱이 상큼하기 짝이 없는 노란색은 불균형의 정점이다.

비를 맞으며 잃어버린 우산의 심상을 생각한다.
1년 전 아기가 잃어버린 우산이 오늘 나에게는
믿음의 절반이며 뜻밖의 위로다. 아기 우산이
나에게 작은 것은 아기의 상실의 슬픔이 얕기
때문은 아니겠지. 그보다는 그저 덤이라고 생각한
나의 오만한 마음이 키워낸 나의 덩치가 크기 때문.

비는 수그러들지 아니하고 더욱 세차게 내린다.

나는 노란색 아기 우산 손잡이를 더욱 세게 부여잡는다.

싫은 소리 듣기

나는 소심하고 그래서 생각은 또 너무도 많아서
끝없이 가지를 뻗어가며 고민하고 고민한다.
타인에 대한 배려심이 만연해 있고
타인에게 싫은 소리는 절대로 못하기 때문에
상대방에게 마음에 들지 않는 것이 있어도
혼자 속으로 끙끙 앓고 삭혀 그만둬버리곤 한다.
그런데 이런 내게 상대방이 직언으로 나를 나무랄 때면,
물론 그것이 내가 명백히 잘못한 일일지라도
가슴에 비수가 꽂힌 것처럼 너무나 아프다.
그러고는 분한 마음에 울컥하는 기분이 된다.
나는 그렇게도 함구하고 살았는데,
상대방의 맘에 들지 않는 186가지 모두 다
그냥 그러려니 하고 넘기곤 하였는데
그런 상대방은 내가 잘못한 한 가지조차도
넘기지 아니하고 나를 쏘아붙인다.
(상대방이 185가지를 참았다가 186가지에서
인내의 한계를 느끼고 터뜨렸다면 할 말 없다.)
슬프다. 그렇다고 분한 마음에 성격을 개조할 수

있을 리는 만무하다. 어쩔 수 없지만
나는 소심하고 똑 부러지지 못해서 할 말은 반드시
하고 마는 성격은 절대로 되지 못할 것이다.
사실 뭐 이렇다 저렇다 해도 나는 그냥 이런
나의 성정이 마음 편하다.
그저 이런 일로 슬퍼하지 않도록 나의 품행에 더욱
매서운 담금질을 하여 타인에게 물심양면으로 조금의
피해도 주지 않는 사람이 되도록 해야겠다.

27살의 고민

제대로 살고 있는 건지 알 수 없다.

27년의 세월이면 성숙되고도 남을 시간이 아닐까.

충분히 어떠한 의미를 보여줄 수 있는 것 아닐까.

27년 묵은 나는 도대체 얼마만큼의 가치를 지니며

의미란 것을 남기고는 있는 건지 모르겠다.

얼마 되지 않는 몇 가지 해놓은 일에 대해서는

당시 그것에 들인 시간과 노력이 무색할 정도로

담담해진다. 그다지 중요하게 의미가 느껴지지 않는다.

허나 앞으로 해야 할 것들은 크나큰 의미로 다가와

그 의미에 상응하지 못할 나 자신이 지레 두려워진다.

과거와 미래 모두가 나에게 온전한 위안이 되지 못하니

현재 또한 온전하게 나에게 위안이 될 리 만무하다.

돌이켜보는 세월은 언제나 순식간에 흘러간 듯하나

시간은 누구에게나 평등했고 누구에게나 충분했다.

시간이 왜 너는 아직 그대로냐며 나를 조롱하는 듯하다.

앞으로 내게 주어질 시간들까지도 그래서 언제까지면

가능하겠냐며 끊임없이 나를 재촉하고 있는 듯하다.

세상만사 모든 것이 어렵고 두렵고 무겁게 느껴진다.

어떤 사소한 의미의 조각이라도 흘리지 못하고
끝나 버릴까 봐 두렵다. 그보다 제 스스로 어떠한 크기의
조각일지라도 아무런 의미를 구하지 못할까 봐 두렵다.
결국 의미란 건 내 안에 머물고 있는 것일 텐데
자꾸만 바깥으로 또 바깥으로 내몰아칠까 봐 두렵다.
난 뭘까. 난 어떤 사람일까. 난 어떤 의미일까.
난 도대체 무엇을 할 수 있을까.

결국 흔해 빠진 사랑 얘기

또 그놈의 사랑타령!

이렇게 함부로 지껄이는 사람들을 보면 놀랍다.
그들에게 사랑이란 어떤 의미인지 궁금하다.
정말 대단한 인생의 연륜이 느껴지는 선조들이시다.
꼴 같지 않게 사랑 좀 해봤다고 알 만큼 안다느니
꼴 같지 않게 사랑 좀 해봤다고 이젠 지겹다느니
관조적인 교만함으로 고개 가로젓는 모습이 꼴 같지 않다.
사랑 노래는 애초에 시작도 없었고 끝도 없을 것이다.
사랑에 대해 더 이상 노래할 게 없어 다른 것을 노래하는 게
아니라 사랑을 제대로 표현할 서술 능력의 부재이거나
아니면 단지 다른 것도 노래하고 싶어서 할 뿐이다.
계속 사랑만 주야장천 노래하는 것이 뭐 어떤가.
사랑은 언제까지고 노래해도 넘치지 않으며 부족할 뿐이다.
사랑을 노래하는 사람도 있는 것이고
인생을 노래하는 사람도 있는 것이며
평화와 반전을 노래하는 사람도 있는 줄로 안다.
뭘 얘는 후지고 쟤가 진짜다라며 꼴 같지 않게

가름하고는 예술적 귀족주의에 빠져 있는 건지 모르겠다.

자, 그래서 그런 의미로 그대들을 위해 U2의 음악이라도
선곡해봐야 나도 꼴 같지 않게 취향 괜찮은 멋진 사람이
될 수 있겠지만 통속적인 나의 수준 고이 담아
옜다, 윤상의 '결국 흔해 빠진 사랑 얘기'.

생선을 먹는 태도

생선을 먹는 태도에서,

기꺼이 왼손에 기름을 묻혀 가시를 발라가며

먹기 힘든 부분까지 애써 먹는 사람이 있다.

반면 젓가락만 이용해 살코기 부분만을 쏙쏙 휘저어 먹으며

가시의 철책 너머에 있는 부분은 외면해버리는 사람이 있다.

쾌락만을 수용하고 기꺼이 희생은 하지 않으려는 태도.

후자의 경우 진짜로 생선을 좋아하는 것이 아니다.

어디 가서 생선을 사랑한다고 함부로 나불대지 말 일이다.

어쩌면 사랑을 대하는 태도도 이와 마찬가지일 수 있다.

*이 글은 누군가와의 밥상에서 생선을 먹는데,

자신의 지분으로 할당된 생선을 끝까지 말끔하게 먹지 않고

살코기만을 퍼먹은 뒤 곧바로 또 다른 생선의 살코기를 휘젓는

광경을 목도하고는 몹시 짜증이 나서 썼다.

나의 이십대

참 오랜만에 글을 써보려 한다. 누구보다도 책을 좋아하고 글쓰기를 즐겼었는데 언젠가부터 손을 놓기 시작했다. 아마도 미니홈피에서부터 페이스북으로 이어진 온라인에서의 활동을 접은 시기와 맞물리는 것이 아닌가 생각해본다. 그것은 역시 누구나 자기를 위해서 쓰고 있다고 생각하지만 어쩌면 나를 에워싸고 있는 다른 자기, 즉 타인들을 위해서 쓰고 있을지도 모른다는 생각 때문이다. 왜냐하면 나는 펜으로 은밀한 나의 일기장을 통해서는 쓰지 않았다는 사실 때문이기도 하다. 관계를 단절하고도 스스로 꿋꿋이 나아갈 수 있을 것처럼 떵떵거리지만 나 역시 다른 사람들로부터 존재를 확인받고 싶은 마음이 있을 거라 생각된다. 자, 이유야 어찌됐든 이렇게 무작정 글쓰기 시작했는데 무슨 말을 써야 할지 모르겠지만, 2015년이 된 후 처음으로 쓰는 글이므로 나에게 일어난 가장 큰 변화에 초점을 맞춰보기로 한다. 사실 큰 변화라고 하기엔 단순히 아라비아 숫자 조합의 변화이자 여느 해와 마찬가지로 물리적인 시간의 퇴적을 상징하는 것일 테지만, 역시나 '30(서른)'이 되었다는 것은 23에서 24로, 혹은 27에서 28로 바뀌는 것과는 꽤나 다른 느낌과 의미를 지니고 있다고 본다. 그래서 나는 서른 살에 대해서, 아니 그보다는 지난 20대에 대해서 한 번 돌이켜 생각해보고자 한다.

누구나 그랬겠지만 나도 내게는 닥치지 않을 것만 같던 서른 살이 되었다. 즉 나의 20대는 그렇게 막을 내렸다. 뭐 지나고 보니 눈 깜짝할 사이 지나간 것 같다고 말하고 싶지는 않다. 길었다. 길었던 10년이었다. 10년이라는 시간은 결코 짧지 않았다. 그렇다면 10년 동안 나는 무얼 하면서 살아왔을까. 대충 생각해 봐도 10년 동안 가장 많은 시간을 할애한 것은 단연코 독서이다. 아마 작년 스물아홉 살 초반부터는 잠시 독서에서 손을 뗐는데 열아홉 살을 기점으로 집계해온 바 약 800여 권을 읽었다. 그런데 그 사랑하던 책들, 온라인에서도 종종 아름다운 책장의 사진을 게시하며 나의 낡은 지적 허영심을 투영시키던 그 수많은 책들, 이제는 내 곁에 없다. 작년에 오랫동안 살았던 곳을 떠나 이사를 하게 되면서 귀신에 홀린 듯 리셋 증후군이 발동하였다. 그리하여 그 지독하던 책 소유욕은 온데간데없이 실종되어 여행 가방에 쑤셔 넣고는 며칠간에 걸쳐 알라딘 서점에 모조리 갖다 팔아버렸다. 그렇게 책을 판 돈으로 열심히 술을 퍼마셨다. 10년의 세월을 고스란히 담고 있던 책들은 그렇게 소주가 되어 목구멍으로 허무하게 넘어가버렸다. 쏠쏠했다.

책 다음을 생각해보면 단연 영화다. 영화 역시 열아홉 살을 기점으로 집계해온 바 약 1,000여 편을 봤다. 엇비슷하게 음악을 듣는 것에도 상당한 시간을 할애한 것으로 생각된다. 이렇듯 독서, 영화 감상, 음악 감상이 거의 삶의 가장 중요한 목적이자 목표였던 시절이었다. 나에게는 확고한 자기 주관으로 채택된 중요한 수혈의 행위였지만, 뭐 돌이켜보면 누가 뭐래도 백수였다. 그러나 역시 후회는 없다. 그때는 정말이지 몇 푼의 돈을 벌기 위해 출격함으로써 감소될 예술 수혈의 시간들이 죽도록 아깝게 느껴졌기 때문이다. 남들은 본업에 충실하고 여가 시간에 유희로서 문화생활을 했지만 나는 본업이 문화생활이었고 여가 또한 문화생활일 수밖에 없었다. 그리하여 남부럽지 않게 예술적 지식의 근육을 쌓았다고 생각도 하며 자못 우월감에 도취되었던 것도 사실이다. 그러나 역시 생각해보면 어리석은 지난날이 아닐 수 없다. 지금 드는 생각은 정말이지 딱 한 걸음 정도 뗀 느낌 그 이상도 그 이하도 아니다. 아직도 나의 무지함으로 나의 손길이 닿지 않은, 나의 손길이 닿아주길 잠자코 기다리고 있는 그것들을 향해 부단히 노력해야 할 것이다. 그리고 나는 앞으로의 삶에서도 예술 작품 누리기를 최고의 즐거움이자 행복으로 느끼며 살아가고 싶다.

가장 지배적으로 시간을 할애한 위의 것들을 제외하고 나는 또 무엇들을 했을까. 몇 가지 굵직한 것들을 열거하며 돌이켜보려 한다. 꽃다운(꽃이었는지는 확실치 않다) 스무 살에 입대하여 2년 동안 고생도 해봤고, 음악 대학을 진학했으나 단체 활동에 대한 거부감으로 MT나 OT에도 불참하고 위에서 주야장천 떠든 세 가지 짓거리들을 하느라 수업에도 들어가지 않으며 이래저래 아웃사이더의 면모를 발휘했다. 서툰 대학 생활이었지만 몇몇 동갑내기 친구들 덕분에 좋은 추억을 쌓으며 무사히 졸업이라는 것도 해봤다. 역시나 나는 아카데미와는 어울리지 않다는 깨달음과 함께. 그리고 홍대를 주 무대로 폭음의 시간을 통해 몇 되지 않는 절친한 벗들과 젊음을 소비했고, 숱한 헌팅을 통해 모르는 여인들의 연락처도 많이 수집했으며, 대취하여 이런저런 실수들도 많이 저질렀다. 토악질도 해볼 만큼 해봤고, 영혼을 좀 먹는 숙취로 인해 술을 미워했고 후회했다. 그러나 역시 그 미움들과 후회는 더 단단하게 사랑하기 위한 초석이었다. 그리고 사랑… 가장 지배적이어야 하지만 생각처럼 그러지 못했던 사랑. 가장 뚜렷하고 진정한 사랑이었다고 말한다면 공식적인 사귐의 여부와 상관없이 김혜성과 정현선이 단연 떠오른다. 물론 그 두 여인 말고도 숱하게 많은 이들과 각종 데이트도 해봤고, 딱히 의미도 없이 껍데기만 남은 애무의 향연이 펼쳐지기도 했었다. 아니다. 다시 말하고 싶다. 무의미의 의미 역시 유의미한 것이므로 그것들도 의미 있는 것이었다. 그리고 껍데기도 본질에 못지않게 중요한 것이니까. 마지막으로 부끄럽게도 미친 듯이 열심히는 아니어서 변변치는 못했지만 내 음악으로 몇 장의 앨범도 발표하여 즐겁고 신기한 경험들도 적잖게 했다. 물론 그보다는 앞으로 해내야 할 경험들이 숙제처럼 남아 있을 줄 안다.

20대를 대략적으로 돌이켜보니 아주 훌륭하게 살아온 건 아니지만, 그렇다고 아주 미흡하게 살아온 것도 아닌 그냥 적당하게 잘 살아낸 것 같다. 그 시절엔 그렇게도 나이 듦을 갈망했고, 예술 수혈의 시간들이 축적되어 연륜과 혜안을 장착할 수 있기를 갈망했다. 잉게보르크 바흐만의 《삼십세》를 읽으며, 김광석의 '서른 즈음에'를 들으며 특정한 그 나이가 되면 지금 수용하는 느낌과는 또 다른 어떤 느낌을 가지게 될 것인지, 지금보다는 조금 더 관조적이고 성숙한 태도로 삶을 바라볼 수 있을 것인지에 대해 생각했었다. 삼십 세가 되어버린 지금 나는 생각한다. 별로 달라진 것이 없다. 내뿜은 담배 연기처럼 또 하루가 멀어진다는 것이, 계절은 다시 돌아오지만 떠나간 내 사랑은 돌아오지 않는다는 것이, 매일 이별하며 살고 있다는 것이 전혀 새로운 심상으로 다가오지 않는다. 왜냐하면 그때도 똑같이 그렇게 가슴 진하게 느꼈었기 때문이다. 단지 스물 몇 살의 네가 뭘 아냐며 조롱하던 연장자만이 있었을 뿐. 달라진 것이 있다면 얼굴이 급격하게 늙어 예전보다 훨씬 못생겨졌다는 것을 확실히 느끼고 있다는 것이다. 뭐 물론 그 어느 때도 제대로 생긴 적은 한번도 없었지만 말이다. 그리고 또 한 가지. 나보다 앞서 살아가던 형, 누나들의 마음을 이제야 조금 알 것 같은 마음. 나는 내게는 결코 다가오지 않을 것처럼 신기한 아라비아 숫자 위에 놓인 그들을 무심한 듯 말똥거리며 쳐다보고 있었고, 그들은 그런 나를 치하하는 듯 너털거리는 웃음과 묘한 미소를 띠며 호언했던 것 같다. 너도 금방이라고.

어린 고등학생들이나 이제 갓 스무 살을 넘긴 아이들을 볼 때면 나의 지나간 세월들이 모두 꿈만 같아 회한이 섞인 마음으로 서글퍼질 때도 더러 있다. 하지만 시간은 누구에게나 공평한 거니까 나보다 그 시기를 먼저 살아간 사람들이 있고, 나보다 그 시기를 뒤늦게 살아갈 사람들이 있으며, 모두 각자가 그렇듯 나는 그 두 계층 사이에서 나의 시기를 살아가고 있는 것이다. 하여 앞으로도 단순한 아라비아 숫자의 조합에 쉽사리 흔들리지 아니하며, 그저 내게 주어진 그 시기를 잘 살아내보고 싶다. 그래서 30대의 막이 내려도 지금처럼 지난 10년을 반추하며 담담하게 40대를 맞이할 수 있었으면 하는 바람이다. 그렇다면 어떻게 살아갈 것인지에 대한 생각은 차치하고 일단 생존을 목표로 한번 잘 살아봐야겠다. 그럼 또 그때 가서 다시 만날 수 있기를.

어림없는 기대

방금 커피숍 구석진 자리에서 집중한 채로 음악 감상을 하고 있는 와중에 무려 두 번이나 여자가 내 테이블로 와서 조심스레 말을 건넸다. 고개를 들어 그녀들이 풍기는 느낌적인 느낌을 직면하자마자 나는 1초 만에 알아챌 수 있었다. 도를 아십니까… 20대 초중반 시절 코엑스몰에서나 신논현역 교보타워 근처에서 워낙 많이 당해본지라 척 보면 알아볼 수 있는 경지에 올랐기 때문이다. 혹시 무슨 일인가 해서 고개를 들고 이어폰의 볼륨을 줄이며 그들을 대면하는 1초 사이에 모든 걸 간파한 나는 내 음악 감상의 플로를 절단당한 것에 적잖이 짜증을 느끼며 아무런 대꾸도 하지 않고 세상에서 제일 냉소적인 표정으로 다시금 이어폰의 볼륨을 올렸다. 그리고 스마트폰 화면에 시선을 처박는 대처를 했다. 지금껏 그들의 숱한 어택을 경험하고도 그저 무덤덤하고 무심하게 넘기지 못하고 순간 짜증이 확 치밀어 오르는 까닭은 그들의 다가옴과 부름을 인식하고 눈길을 그들에게 고정시키기까지의 찰나의 순간 내가 품었던 '저기요~ 저 맘에 들어서 그런데요'의 턱도 없는 기대와 상상이 와르르 배반당했기 때문이다. 이렇듯 나이가 들어도 상하지 않는 상상력은 삶을 풍요롭게 만들어준다.

영화 같은 만남

"당일 상담 드렸던 이유선입니다. 고객님께서 너무 친절하게 문의 주셔서 너무 감사합니다. 문의사항 생기시면 언제든 꼭 연락 주시고, 좋은 분들과 좋은 일만 가득한 5월이 되시기를 바랍니다."

상담사에게서 문자가 왔다.

나는 퍽 친절한 편이다. 아무리 내가 고객 또는 손님이라는 자칫 당연히 대접받아야만 한다고 생각할 수 있는 관계에서도 고압적이거나 일방적인 태도를 취하는 일이 없다. '~주세요, ~해주세요'도 좋지만, 나는 보통 '~주시면 감사하겠습니다, ~해주시면 감사하겠습니다'라고 말하며 반드시 감사의 말씀을 덧붙인다.

유선 씨가 온갖 이상한 고객들이 난무하는 상담센터에서 받은 스트레스 가운데 가뭄의 단비처럼 나의 작은 친절함으로 기분이 좋으셨던 것 같다. 덕분에 나도 기분이 좋아져서 전송이 되는지는 모르겠지만 짧게 힘내시라고 답장을 보냈다. 삶의 미장센에 적잖이 집착하는 나는 순간 영화 같은 만남이 될지도 모른다는 마음으로 달떠 페이스북 검색창에 '이유선'을 검색해보려다 이내 그만두었다. 내가 한석규일 리 없고, 극적으로 오프라인에서 만난 그녀가 더욱이 전도연은 아닐 것이라고 확신했기 때문이다.

허구적 자서전

10년 전 꽃다운 스무 살이었던 2005년, 그해 여름 인생의 첫 위
기인 입대를 앞두고 스스로 인생을 뒤돌아보고자 집필을 시작
한 자서전. 태어나서부터 스무 살까지의 일들은 팩트에 의거하
여 쓰고, 앞으로 펼쳐질 일들은 철저히 상상과 소망을 첨가하여
쓰되 꽤나 사실적(소망들이 묵살되거나 좌절과 고통들도 적절히 혼합하여
서술)으로 그려나가는 '허구적 자서전'의 성격을 띠도록 하였다.

그 어떤 시절보다 나르시시즘으로 얼룩져 있었던 시절. 책머리
마지막 즈음에 썼듯이 이 책을 집필할 수 있기까지의 감사함을
표하는 대상이 출판사나 편집장 혹은 지인들이 아닌 '나의 사랑
스러운 손'이라고 쓸 수 있던 그 시절의 치기 어린 감성에 새삼
놀라움을 금할 수가 없다. 그렇게 입대를 앞두고 다가올 미래에
대한 불안감을 떨쳐버리려는 듯 열정을 다해 쓰던 자서전은 무
슨 이유에서인지 이내 열여섯 살에서 멈춰버렸다.

그리고 어느덧 10년이 흘렀다. 그때의 내가 집필하려던 자서전
의 내용이 내가 겪어온 실제의 이십 대와 얼마나 일치되었는지
는 알 수 없다. 다만 그 시절의 내가 그랬듯 지금의 나는 삶에

있어 어떤 두려움들로 인해 자꾸만 무언가에 도피성 몰입을 추구하고 있는지, 여전히 스무 살이 지닐 법한 꿈과 열정을 지니고 있어 누구도 생각하지 못할 또 다른 멋진 일들을 모의하고 있는지, 온몸에 넘쳐흐르던 자존감, 자애심, 나르시시즘이 아직도 충만하여 인생을 살아가는 원동력의 뿌리가 되어주고 있는지 궁금하다. 그러나 확실한 건 집필하던 자서전은 4편에서 멈춰져 있지만 나는 아직도 자서전을 의미 있게 채워나가고픈 의미 있는 사람이 되고 싶다. 물론 타인에게 있어서의 의미가 아닌 무엇보다도 나 자신이 스스로 느끼고 행복하여 온전한 내가 될 수 있는 그 어떤 의미에 대한 것이다.

12월의 풍경

내가 1년 중에 유독 12월의 겨울을 좋아하는 까닭은 한껏 달뜬 연말의 로맨틱한 분위기에 젖어 있는 사람 혹은 사물을 통한 나와의 극적인 대비를 즐기기 때문이다. 그래서 같은 겨울이라 할지라도 새해를 머금고 돌아온 1월의 겨울에는 그다지 큰 흥미가 없다. 아무리 모두가 설레고 희망찬 새해의 시작을 분주하게 노래한데도 내게는 12월 31일과 1월 1일의 경계가 2월 3일과 2월 4일의 그것과 별반 다르지 않게 느껴지기 때문이다. 그러나 모순적이게도 12월의 오르가즘을 지나 맞이하는 1월의 공허함은 더없이 생경하게 느껴지기도 해서 줄담배라도 피워야 할 것 같은 심정이 되곤 한다.

아무튼 12월의 흥분이든 1월의 설렘이든 간에 나는 그들의 축제에서 이탈되어 길을 잃은 미아의 기분에 젖어들기를 즐긴다. 그리고 내 감성의 8할은 다소 작위적일지는 몰라도 바로 이 정신적 마조히즘을 추구하는 데에 있다. 둘은 좋지만 역시 혼자의 완전함에는 미치지 못하고, 끝없이 채우려고 분투하기보다 차라리 공허함과 외로움을 그저 그 모습 그대로 안을 줄 아는 삶의 자세가 더 현명하다고 생각한다. 아니 또 그렇게 생각하지 않은들 결국 혼자이면서 달리 무슨 방법이 있겠는가.

30년째 맞이하고 있는 이 스산한 소멸의 풍경도 언제 그랬냐는 듯 처음인 것처럼 낯설다. 누구나 그렇듯 각자가 품고 있는 사연으로 인해 풍경은 시시각각 달리 보일 줄을 안다. 쓸데없이 내뿜는 글이 시사하듯 내 마음도 여느 때보다 어지러웠는지도 모른다. 나 스스로 추구하고 자초한 대비이며 정신적 마조히즘이지만, 정작 그 안을 지나고 있을 때에는 그것이 말처럼 그렇게 쉽지 않다는 것을 뼈저리게 통감한다. 그 누구에게나 이쯤 되면 사무치게 보고 싶어지는 사람이 있는 것처럼 말이다.

내 눈에 낀 먼지

요 며칠 TV를 보는데 무채색의 슈트를 입은 몇몇 사람들마다 옷에 뭔가 묻어 있었다. 먼지인지 보푸라기인지 비듬인지 모르지만 방송까지 나오는데 그 정도쯤은 신경 쓸 수 없었는지 그 무심함에 의아했다. 그런데 그 숫자가 하나둘씩 더 늘어나기 시작하자 사실 그것은 먼지가 아니라 2016 F/W의 새로운 트렌드인 더스트 패턴을 차용한 슈트인가 하는 생각에까지 미쳤다. 또 그렇게 생각하고 보니 괜스레 멋스러워 보이기까지 했다.

그리고 방금 뉴스를 보는데 또다시 등장한 더스트 패턴 슈트! 아니 이거 정말 유행은 유행인가 보구나! 그런데 잠시 후 TV를 정면으로 가리키며 점령한 햇빛과 함께 눈의 초점이 재설정되었다. 그때 내 눈에 포착된 것은 더스트 패턴이 아니라 TV 화면 위에 수북이 내려앉아 있는 레알 먼지들…

반성했다. 세상에 그 어떤 것에 있어 조금이라도 편견과 선입견으로 바라보고 예단해왔던 내 눈에 낀 먼지를 우선 닦아내야겠다고 생각했다.

순진의 상실

살아가며 눈물을 흘리는 순간들은 많지만 개인적으로 그 눈물
의 밀도가 가장 쓰다고 느낄 때는 하고자 하는 일에 실패하여
좌절할 때도 아니고, 사랑하는 여인을 더 이상 볼 수 없게 될 때
도 아니다. 그보다 훨씬 더 가슴이 덜컥 내려앉아 아릿하게 먹먹
해지는 순간이 있는데, 그것은 더 이상 동화나 우화에 감명 받
지 아니하고 순수성에서 멀어져 순진함, 천진난만함을 잃어가는
자신을 발견하는 때라고 말하고 싶다. 물론 신변을 위협하는
극단적인 고통의 상황들은 제외하기로 하자.

오랜만에 듣는 최고의 작곡가 알란 멘켄의 월트 디즈니 영화의
음악들을 들으며 어느새 그 환상들에 도취되던 유년기 시절들
이 생경한 느낌으로 다가왔다. 동화를 믿고, 환상에 젖어들고,
영원한 사랑을 꿈꾸던 그때 그 시절들이 이십여 년의 세월이 무
색할 정도로 선명하게 다가왔다. 내가 눈물 흘림은 세상에, 아
니 더 정확히 말하자면 나 스스로에 의해 더럽혀지고 무뎌졌기
때문인지도 모르겠다. 나이를 한 살 한 살 먹어가면서부터 동화
를 믿지 않는 것이, 영원한 사랑 같은 것은 없다고 냉소적으로
내뱉는 것이, 아름답고 착하고 예쁜 것들에 예속되기보다 더럽

고 나쁘고 어둡고 쓸쓸하고 외로운 것들과 어울리는 것이 보다 어른스러운 것이라고 생각하고 느끼며 설파했기 때문이다. 물론 이 마음은 지금도 그대로인지 모르겠다.

나는 이제 와 한 줌 물에 씻겨 새로이 태어난다거나 순수해진 다거나 본질로 회귀할 수 있을 거라고는 생각하지 않는다. 하지만 이렇게 짧은 글을 쓰며 태초의 순간을 그리워함에 어느 정도 여지가 있다고 생각한다. 나는 순수하고 싶다. 나는 순진하고 싶다. 나는 천진난만하고 싶다. 나는 철없고 싶다. 나는 영원한 사랑을 꿈꾸며, 잠자는 숲속의 공주님께 입맞춤하여 나날이 새로운 사랑을 깨어나게 하고 마땅히 그렇게 될 것이라고 믿고 싶다.

세상의 무차별적인 방해에도 나는 이 나쁜 세상(물론 세상이 나쁜 것이 아니라 나 스스로 나빠진 것일 테지만)과는 사뭇 다른 사람이라고 스스로를 방어하며 지켜나가고 싶다. 온 세상이, 나를 둘러싼 모든 타인들이 내가 잘못된 거라고 비아냥거려도 나는 나의 그 어떤 '잘못'을 기꺼이 믿으며 살아가고 싶다. 언젠가는 나의 잘

못에도 불구하고 마법에서 풀려나 왕자님이 되어 결국에는 사랑을 쟁취하는 야수의 그 순간을 꿈꾸기 때문이다.

생의 엔딩 신

나는 미래보다 과거를 좋아한다. 미래에 벌어질 일을 상상하고 그리는 것도 좋지만, 그보다는 지나간 과거를 반추하는 것을 즐기는 편이다. 역시 다시는 돌아갈 수 없다는 그 불가함과 그에 따르는 여러 가지 회한의 감정에 휩싸여 가슴이 저미는 고통을 느끼는 것을 좋아하는 이유와 같다. 이는 정신적 마조히즘을 추구하는 나의 성정과도 맞닿는 부분이다.

나는 세상에서 교통사고나 심장마비 같은 사고사, 돌연사로 생을 마감하는 것이 가장 두렵다. 죽음을 미처 준비하지 못하고, 생의 모든 것들의 마지막을 마지막으로 매듭짓지 못하는 것이 두렵다. 그대와 손 흔들며 마지막으로 안녕을 고하는 것, 늘 머물렀던 그 자리의 풍경을 두 눈에 마지막으로 담아두는 것, 내가 사랑했던 모든 것들을 다시금 꺼내어 마지막으로 바라보고, 만져보고, 들어보고, 느껴볼 수 있는 마지막 의식을 치를 수 있다는 것이 내게는 중요하다. 물론 자신의 마지막 순간이 언제인지를 인지하고 직시한다는 것의 공포 역시 전혀 가늠조차 할 수 없지만 말이다.

스무 살 시절부터 부쩍 죽음에 대해 많이 생각했던 것 같다. 죽음이 두려운 만큼 더욱 죽음에 깊이 파고들었던 것 같다. 그리하여 나는 죽음을 앞둔 나의 마지막 순간을 설정하는 지경에까지 이르렀다. 이를테면 내가 꿈꾸는 생의 엔딩 신이자 에필로그인 셈이다.

엔니오 모리꼬네의 음악(특히 영화 〈원스 어폰 어 타임 인 아메리카〉와 〈시네마 천국〉의 곡)이 흐르고, 빔 프로젝트를 통해 하얀 스크린에는 내 생의 순간순간들을 절편한 사진들과 동영상들이 하나둘 천천히 재생된다. 나는 스스로의 회고전을 관람하며 감상에 젖는다. 아시다시피 영화 〈시네마 천국〉의 엔딩 장면을 생각하면 될 것이다. 이것이 바로 내가 꿈꾸는 내 생의 엔딩 신이다.

가을 아침

아침에 일어나 담배를 피우기 위해 베란다의 창문을 열었는데 깜짝 놀랐다. 절반의 가을! 아직 매미는 여름의 끝자락을 부여 잡고 울어대는데, 바로 어제의 폭염이 무색해질 만큼 시원한 바람이 불어오는 것이었다. 내가 일 년 중에 가장 좋아하는 순간. 지루한 여름에 지쳐 심장박동기의 파형이 일직선으로 돼가기 직전 불현듯 CPR처럼 다가와 기적처럼 나를 살려주는 가을의 기수, 찬 공기!

이제 곧 9월과 함께 가을, 겨울의 하반기가 시작된다. 너무도 애정하는 침잠과 소멸의 계절. 옷이 두꺼워질수록 내 감각의 외피는 하루가 다르게 벗겨져 절로 본질에 가까워진다. 계절이 주는 느낌의 명분으로 대놓고 슬퍼하거나 쓸쓸해질 수 있는 계절. 술과 담배가 더 맛있어지는 계절. 떠나간 이를 그리기 좋은 계절.

내가 지독히도 싫어하는 여름이 이제 서서히 물러가고 있는 것 같아 속이 다 후련하지만, 오늘 아침 콧구멍으로 한껏 맞이한 가을 공기에 눈물겹도록 가슴 몽글몽글 설렐 수 있었던 것도 어찌 보면 그놈의 여름 덕분인지도 모르겠다. 이토록 소중하게 가

까스로 맞이하는 만큼 가을과 겨울에는 못다 한 그리움의 욕망

으로 채워나가야겠다.

흔적 남기기

나는 책을 다 읽고 나면 영역 표시를 하는 개처럼 책 맨 앞 페이지에 간단한 코멘트와 시그니처를 남기곤 한다. 책을 정리하다가 우연히 발견한 옛 책에 남겨져 있는 자존감으로 얼룩진 문장에 설핏 웃음이 났다. 《느리게 산다는 것의 의미》라는 제목의 책이었고, 거기에는 다음과 같이 흔적이 남겨져 있었다.

'나의 삶에 있어 느리게 산다는 것, 혹은 빠르게 산다는 것 모두가 무의미하다. 오직 내가 살아가는 삶의 속도만이 존재할 뿐이다. 2012년 11월 17일 박현준'

앞으로도 나는 부단히 읽고 흔적을 남길 것이며, 언젠가 그 흔적을 품은 책들이 내 곁을 떠나 여기저기를 떠돌다가 누군가에게 안착되어 발견되기를 바란다. 나아가 각개의 발견자들이 우연찮게 이 흔적의 책을 소유하고 있는 서로를 발견하여 끊임없는 인증 사태가 일어나고, 귀신에 홀린 듯 커뮤니티를 형성하여 어딘가에 존재하고 있을 또 다른 흔적의 책들을 수배, 발굴해내는 작업을 해내며, 마침내 수많은 책에 흔적을 남긴 어떤 무명인을 기억해준다는 쓸데없는 영화적 상상 또한 더해본다.

기억을 좇는 냄새

때때로 어떤 냄새가 특정 기억을 불러오는 매개체가 되곤 한다. 이른바 '프루스트 효과'라고 하는데 나에게도 그러한 개인적인 냄새 하나가 있다. 불가리 옴니아 아메시스트 향수. 때는 2008년, 내가 스물셋이었던 시절이었다. 그 시절 내가 사랑했던 그 여인은 만나서 자리를 잡고 앉으면 핸드백에서 예의 그 향수를 꺼내곤 했다. 그러고는 자신의 손목에 한 모금 내 손목에 한 모금 배당하고는 서로의 몸에 두른 향수 냄새를 연신 확인하며 향긋한 냄새를 음미했다. 우리에게는 만남의 시작을 알리는, 마치 기공식의 테이프 커팅 같은 일종의 세리머니였다. 벤다이어그램 혹은 무한대 기호를 연상케 하는 작고 예쁜 곡선이 아방가르드하게 교차를 이루고 영롱한 보랏빛이 그득하게 일렁거리는 그 향수병을 바라보고 있으면 내 마음도 덩달아 대책 없이 일렁거렸다. 마치 영원으로 영원으로 귀속될 것만 같은 강렬한 믿음을 풍겼다.

그녀는 떠나갔다. 그리고 나는 더 이상 그 냄새를 맡을 수가 없게 되었다. 무색무취의 나날이었다. 그 후로 오랫동안 나는 장바티스트 그루누이가 되어 거리거리를 배회하며 어디선가 조우

하길 바랐다. 극히 드문 경우였지만 흘러가는 인파속에서 불현
듯 그 냄새와 다시 마주할 때가 있었다. 그럴 때면 깜짝 놀라 주
변을 두리번거리며 잠시 동안 근원지를 찾곤 했었다. 배우 김선
아가 출연했던 '낯선 여자에게서 그의 향기를 느꼈다'라는 유명
한 광고 카피의 그 옛날 CF처럼 말이다. 어쩌면 나는 그 냄새가
아니라 그녀를 찾고 싶었던 것인지도 모른다. 얼른 향수를 직
접 사서 취하지 않았던 것은 언젠가 그녀와 다시 만나는 날, 그
녀의 품에서 그 냄새를 극적으로 맞이할 수도 있을 거라는 희망
탓이었다. 내가 직접 아무렇지 않게 그 향수를 산다는 것은 그
녀를 향한 그리움에 종지부를 찍었다는 의미와 다르지 않았기
때문이었다.

향수를 샀다. 불가리 옴니아 아메시스트. 내 손으로 직접 처음
사서 뿌려봤다. 그리움의 세월만큼 유예된 그 무게만큼 더하고
더해 버겁게 느껴질 줄 알았지만 생각보다 가볍고 향긋했다. 이
제는 스스로 취하여 몸에 둘렀으니 더 이상 기약 없는 마주침을
기다리지 않아도 될 것 같다. 스스로 원할 때에 맘껏 뿌리며 만
끽하면 그만일 테니까. 더불어 그깟 향수쯤 하나 사는 것과 그

리움의 종지부를 들먹이며 두려워하지 않아도 될 것 같다. 나는
이제 퍽 괜찮아졌지만 아직도 그 시절이 그립고 그녀가 그립기
때문이다.

죽여주는 여자

20대에는 한 살 한 살을 매우 촘촘하게 여겼고 각 나이의 숫자를 예민하게 헤아리며 소중하게 다뤘다. 21, 22, 23, 24, 25, 26, 27, 28, 29. 괜찮았다. 그 나이에 걸맞은 적당한 성과들을 이뤄내며 현재보다 미래가 더 기대되는 시간들이었고, 설혹 아무것도 하지 않은들 그마저도 유의미한 청춘 아니겠냐는 호기를 품고 있었다.

그런데 어느 순간부터 그렇게 신줏단지 모시듯 두 손 위에 떠받들던 숫자를 그만 내려놓게 되었는데 아마도 30대에 들어서면서부터였던 것 같다. 이제는 새로운 숫자들을 부여받는 것에 대해 무뎌져 크게 감응하지 않게 되었다. 아 31, 음 그렇군. 아 32, 음 아무렴. 될 대로 되라지. 케 세라 세라. 몸도 조금씩 여기저기 삐거덕거리기 시작하고, 나잇값을 해야 품위가 생기는 나이인데도 그러지를 못하고, 얼굴도 점점 더 못생겨지는 것 같고, 주변 사람들은 하나둘씩 꿈에서 깨어나 결혼을 해버리거나 현실을 직시하기 시작한다. 그리고 내게는 형들 누나들만 있었던 것 같은데 언제부터인가 형 소리 오빠 소리를 주로 듣는 주체가 되어버렸다. 이제는 길을 가다가 마주친 귀여운 아이와 눈인사를 나

누면 이내 애 엄마가 말한다. 아저씨한테 인사해야지. 젠장칠 놀라울 것도 없다. 이미 애 엄마가 내 또래인 것을.

늘 죽음이 두려웠다. 20대에는 끊임없이 죽음에 대해 고찰했다. 아포리즘에 의지하여 위안을 받거나 혹은 다시 마주하거나 또 다시 모른 척하기도 했다. 여전히 나는 죽음을 생각하면 두렵다. 그러나 이제는 그에 못지않게 삶이 두렵다. 도대체 어떻게 살아야 되는 걸까. 하나도 모르겠다. 나에게도 영화 〈죽여주는 여자〉에서처럼 나를 죽여주는 여자 하나쯤 있었으면 좋겠다. 아, 각설하고 영화 속 윤여정처럼 일단 담배나 한 대 피워야겠다.

예술가의 길

홍대 연남동 옥탑방을 알아볼 것.

강아지보다는 고양이에 애정을 둘 것.

그 누구보다도 우울함을 간직하고 있다는 것을 과시할 것.

종종 어지러운 무늬의 월남치마를 입고 히피 정신을 표출할 것.

히트하지는 않았지만 〈그들이 사는 세상(그사세)〉은
진정한 명작이었다고 외칠 것.

차트를 점령한 인기 유행가는 진짜 음악이 아니라고 느낄 것.

가급적이면 데뷔한 지 오래되지 않고 불편하지 않을 정도의
적은 사람들만이 알고 있는 인디 뮤지션을
선봉에 서서 찬양할 것.

그리고 그 뮤지션이 범 대중적인 인기를 얻게 되면 이내 토라져

나만 아는 또 다른 인디 뮤지션을 물색할 것.

그러고는 다른 많은 사람들은 느끼지 못한 나만의 깊은
미적 감각과 혜안에 나르시시즘적인 우월감을 느끼며
열렬히 찬양할 것.

죽음은 늘 가까이에 있는,
기회가 된다면 스스로 실행할 수도 있는,
본인의 인생에 대한 솔직함과 과감함과 예술적임의
오브젝트라는 것을 표명할 것.

그리고 절대로 죽지는 않을 것.

각종 음악 페스티벌을 누비며 우드스탁의 정신을 계승할 것.

범인은 이해하기 어려운 당최 알아먹을 수 없는 글들을 게시할 것.

타투에도 관심을 가질 것.

기회가 된다면 대마초를 위시한 각종 마약류쯤이야
경험해봄직한 것이라고 생각할 것.

뽕에 취할 땐 스스로가 섹스 피스톨즈의 시드 비셔스
그 자체 혹은 그를 보좌하는 피앙세 혹은 그루피의
흑백사진 속 누군가라고 느낄 것.

술, 담배, 마약, 여자, 남자, 자살, 요절 등속의 것들을
예술의 핵심적 분위기로 칭할 것.

술이나 담배 그리고 마약에 찌들어 자살하거나
또 다른 이유로 요절한 파란만장 예술가들을 숭배할 것.

퇴폐적이고 몽환적인 분위기를 연출할 것.

끊임없이 껍데기, 분위기, 이미지 연출로 스스로 예술가임을
상기시킬 것.

절대적으로 특이하고 독특하고 유별나고 4차원이어야
한다는 것을 명심할 것.

이렇게 글로는 일일이 명시할 수 없는, 너는 모르는
그 어떤 다른 무언가가 더 있는 거라고 느낄 것.

부장품

여름을 논할 때에 내가 여름을 얼마나 싫어하는지 피력하는 표현이 있는데, 그건 바로 내게 남은 계절의 총량에서 여름의 여집합만큼만 살아도 좋으니 여름이 없었으면 좋겠다는 것이다. 물론 한국에서 이 정도 나이쯤 살아봤으면 사철의 섭리에 그만 순응할 줄도 알아야 된다고 생각한다. 그리고 역설적으로 여름이 존재하기에 여타 계절들을 한층 더 극적으로 느낄 수 있다는 것도 안다.

그럼에도 생성의 여름은 질색이다. 회색 코트에 마치 피아노 덮개 같은 빠알간 머플러를 두르고 찬바람에 시위하듯 담배를 뻑뻑 피워대면 뭔가 절반의 로버트 드 니로가 된 것만 같은 착각에 빠지던 소멸의 계절에 갈급하다. 벼와 같이 나는 익을수록 고개를 숙인다. 그렇게 시들어간다. 아, 내가 죽으면 부장품으로 겨울의 공기를 넣어다오.

꽃을 보았다

꽃을 보았다. 어쩌나 도드라진 빛깔과 신비로운 자태로 군림하고 있는지 밤에 굴복할 줄 모른다. 이것은 하나의 우주일까 아니면 대체 생명의 신비란 무엇일까 하는 갖은 생각에까지 미쳐 한참을 바라보았다.

흔히 우스갯소리로 프로필 사진을 꽃으로 해놓는다거나 단체로 꽃놀이를 간다면 중년에 접어든 아저씨와 아줌마일 거라는 말을 한다. 왜 그들은 유독 젊은이들보다 꽃을 마주하는 일에 열심인 걸까. 물론 누구에게나 꽃은 예쁘고 예뻐서 그저 바라보기에 좋다는 것만으로도 충분한 까닭이 있겠다. 그러나 그보다는 움트고 만발하다 어느 샌가 시들하여 결국 낙화가 되기까지의 성쇠가 삶과 닮았기 때문이리라. 하여 삶의 변곡점을 지나 쇠함으로 진출한 그들은 누구보다도 성함의 중심에서 생기를 뿜고 있는 만화(萬花)에 스스로를 새로이 투영하며 갈구하는 것인지도 모르겠다.

벚꽃이 창창하게 핀 어느 봄날, 사람들은 천진한 미소를 지으며 그저 즐기기에 바쁜데 나는 문득 이런 생각이 들은 적이 있다.

내 생애 이 아름다운 벚꽃을 몇 번이나 더 볼 수 있을까. 궁상맞다고 생각할지도 모르겠다. 그러나 실제로 남은 인생이 이십 년이라고 하면 꽤 길게 느껴지는데 벚꽃을 볼 수 있는 남은 기회가 이십 번이라고 하면 이내 선득해진다. 그리고 세상 온갖 아름다운 것들은 한 번이라도 더 마음속 깊이 담아둬야 할 것만 같은 사명감마저 든다. 꼭 오늘밤처럼.

꽃을 보았다. 참나리였다.

인텔리의 옷차림

나는 아무리 무더운 여름이라도 반팔과 반바지를 입지 않는다. 누군가와 마주칠 일이 드문 야밤에 남몰래 줄넘기를 하러 나갈 때만을 제외하고는 모든 공식 석상에서는 무조건 긴 바지와 긴 셔츠만을 입는다. 하물며 집 앞 편의점에 급히 담배를 사러 나갈 때에도 그렇다. 내게 있어 집 밖은 모두 공식 석상인 셈이다. 이는 기본적으로 육체적으로든 정신적으로든 드러냄을 다소 꺼리는 성정에서 비롯된 것이다. 더불어 클래식한 인텔리의 이미지를 김희애의 그것처럼 놓치고 싶지 않은 마음이기도 하다. 물론 젠틀맨의 지성의 본질이 긴 바지와 화이트 셔츠, 가르마와 뿔테 안경에서 나오는 것은 결코 아닐 텐데 나는 어리석게도 공부는 하지 않고 애먼 껍데기에 집착한다. 이런 나를 보고서 지인들은 이해할 수 없다는 표정으로 힐난한다. 하지만 나는 모르긴 몰라도 인텔리가 반바지에 스냅백을 쓰고 샌들을 질질 끌고 다니지는 않을 것이라며 다소 근거 없는 비논리로 반문한다. 물론 나는 옷차림이야 어떻든 간에 인텔리처럼 충분히 본질을 충족하고 있는 사람은 아니다. 그렇다면 그들과 같은 지적인 면이 없으면 지적인 것 같은 이미지라도 지녀봐야 할 것 아닌가. 이미지를 통해 타인에게 실제로도 그럴 것이라는 믿음을 심어주는 것, 그것이 바로 사기꾼 예술가의 몫이다.

자신감의 근원

택시를 타고 가던 중 신호등에 걸려 잠시 정차했다. 그때 저기 인도에 서 있는 깍두기 주니어를 보았다. 양팔은 검은 문신으로 요란하게 뒤덮었고 살진 체형을 위압적으로 죄는 타이트한 복장으로 무장하고 있었다. 그는 깍두기의 상징적 제스처인 양팔을 추켜세웠다 거두는 동작을 습관적으로 반복하면서 자신의 문신을 공작의 깃털처럼 전시하며 뿌듯해하는 듯 보였다. 그리고 최근에 운동을 좀 한 모양인지 연신 자신의 젖무덤을 주무르며 지난밤 근육의 현황을 파악하고 있었다. 그러나 가슴을 보아 하니 흐늘거리는 봉분 같은 것이 영락없는 여성의 그것과 닮아 있었다. 그러다 결국 나르시시즘의 끝에서 그는 사람들이 붐비는 길 한복판임에도 불구하고 셀카를 찍어댔다. 나는 그런 그의 자신감이 참 부러웠다. 의당 자신감이 있어도 될 만한 사람들이 한없이 굽어들기도 하고, 대체 저 자신감은 어디서 나오는 것인지 도통 알 수 없도록 느껴지는 사람들도 있다. 물론 자신감의 원천이 되는 절대적 기준은 명확하지 않다. 그렇기 때문에 각자의 기준에 의해 자신감을 가지고 행복하게 살아간다면 그걸로 충분하므로 섣불리 판단하지는 않겠다. 아무튼 나는 그런 그의 자신감이 부러웠고, 남들의 시선을 전혀 의식하지 않는 호탕함이 부러웠다.

씻지 않고 나간 날

매일 두 번은 꼭 샤워를 해야 한다. 무조건 씻고 완벽한 세팅(물론 협소한 나만의 시선에 의거한)으로 민트 컨디션이 되어야만 외출을 할 수 있다. 그런 내가 일 년에 딱 몇 번 할까 말까 하는 내게는 더없이 큰 의미의 짓이다.

새로이 씻지도 않은 채 전날에 수북이 덮었다가 옅게 남은 비비크림에만 간신히 의지한다. 상판대기에는 덕지덕지 돋아난 수염으로 아침 뉴스를 진행하던 어느 아나운서의 모습이 된다. 세심한 세팅의 끝에서 내뱉는 '음 이 정도면 나쁘지 않군'의 마무리인 안경 장착은 이런 얼룩진 상태에는 어울리지 않고 그럴 기분도 아니므로 집어던진다. 헝클어진 머리카락은 평소 쓰지도 않던 모자에 억지로 욱여넣는다. 옷도 어제의 공기가 묻어 있는 퀴퀴한 그 옷 그대로다. 그러고 나서 빛의 광장으로 나서면 범죄자처럼 타인의 시선으로부터 고개를 떨구고 몹시 두려운 마음으로 숨어 다닌다. 무려 그 어느 누구도 나한테 일말의 관심조차 없다는 걸 잘 알고 있는데도 말이다. 이렇게 스스로를 옥죄는 정신병이란 꽤나 성가신 것이다.

이 모든 것을 가능케 하는 술 그리고 숙취. 나를 나락으로 빠뜨려 보다 자유롭게 해주는 그 점을 치하하며 그 모습을 사진으로 남겼다. 그러나 현실을 은폐시키는 캔디카메라로 찍음으로써 앞에 묘사한 몰골을 보다 솔직하게 담아내지 못함은 나의 비겁이고 가식이다. 더불어 어찌 되었든 그 모습이 그런대로 아주 나쁘지 않다는 자평이 있었기에 인스타그램에 게시하는 것일 테고, 타인들도 그렇게 느껴주기를 그윽하게 기대하는 내 모습은 엉큼하기 짝이 없다.

반성

예술가라면 의당 자신의 창작물을 세상에 전시하고픈 욕구를 지니게 마련이다. 그러므로 예술가로서 창작 활동과 작품 활동을 해나가지 않게 되면 불안이 야기된다. 그래서 그 불안을 해소시키기 위해 각종 예술들과 끊임없이 대면하면서 자신의 미적 감각을 재차 확인하고 증명하려고 애쓴다. 느낌 있는 음악, 느낌 있는 책, 느낌 있는 영화, 느낌 있는 그림, 느낌 있는 사진, 느낌 있는 글과 생각, 느낌 있는 의복과 장신구, 느낌 있는 장소와 생활양식들을 전시하며 그놈의 힙스터로서의 녹슬지 않은 느낌력을 선보이고는 절반의 안정을 취한다. 그런 느낌들에 대한 인지나 이해가 고스란히 자신의 창작물의 질로 직결되는 것도 아닌데 말이다. 반면 그러한 그들과 달리 조금은 엉성했던 전작에 부끄러워하면서도 권토중래하여 더디지만 꾸준히 작품 활동을 해나가는 사람들이 있다. 말하자면, 변변한 디스코그래피 하나 없으면서 느낌적인 느낌력으로 무장한 타인의 예술만을 전시해나가며 힙의 바운더리 안에서 팔짱 끼고 고고한 척하는 사람들이 그들보다 나은 것은 단언컨대 아무것도 없다. 결과물의 완성도를 떠나서 결과물을 발표하지 않고 있는 예술가는 이미 죽은 예술가일 뿐이다. 요컨대, 나 스스로에게 하고 싶은 이야기다.

사랑 그리고 털

듬성듬성 쓸쓸하게
자라난 털을 바라보니
유장한 세월 담겨 있구나.

분연히 솟아오른 털은
스스로 깎이지 아니하고
살 비비던 사랑의 밤 아득하여라.

털은 한낱 털일 뿐이지만
털을 맞이하는 이 내 맘은
이미 온전한 내 맘 아니어라.

이십 대에 썼던 〈털〉이라는 짧은 시다.
돌이켜보면 이십 대 때 사랑에 대해 많이 고찰했다. 대체 사랑
이란 것은 무엇일까. 많은 이들이 정의한 사랑 가운데서도 조
금 더 심오하고 관념적이고 현학적인 표현으로 나를 사로잡을
만한 것이 없는지 촉각을 세웠다. 가장 인상적이었던 노랫말로
는 "나의 사랑은 함께 숨 쉬는 자유 애써 지켜야 하는 거라면 그

건 이미 사랑이 아니지"라고 말하던 윤상의 '사랑이란'이 떠오른다. 그러던 중 만난 잭 니콜슨 주연의 1997년 작 영화 〈이보다 더 좋을 순 없다(As Good As It Gets)〉 속 명대사는 개인적으로 간결하고 명쾌한 사랑의 표현으로 받들어 지금까지도 인용하고 있다. 대사는 다음과 같다. "You make me wanna be a better man." 아, 나는 영화를 보다가 잭 니콜슨이 이 대사를 하는 장면에서 무언가로 한 대 맞은 것 같은 기분이 들었다. 그렇다. 사랑이란 나를 잃어가면서 하는 게 아니다. 내가 온전한 나로 바로 설 수 있을 때에 사랑은 진정한 의미를 지닌다. 그리고 또 한 영화. 더스틴 호프만 주연의 1982년 작 〈투씨(Tootsie)〉에서 더스틴 호프만이 여자를 만나러 나가기 전에 한껏 치장을 하며 거울 속 자신을 재차 확인하던 모습. 그렇다. 이제는 나도 사랑은 어떤 관념적인 것이 아니라 그 혹은 그녀를 만나러 가기 전 최선을 다해 단장을 하는 일 또는 편지나 문자메시지의 글을 끊임없이 퇴고하는 그곳에 조촐하게 있다고 생각한다. 어릴 때는 지하철에 앉아서 눈알을 까뒤집고 입은 풍이 온 것처럼 못나게 고정한 채 마스카라를 칠하는 여자가 참으로 기괴하다고 생각했다. 그러나 이제는 잠시 후 강남역 10번 출구에서 만날 그를 위해 미모를 재점검하는 그녀의 분투에 기특한 마음마저 든다. 나도 마찬가지다. 평소에도 꼼꼼하게 씻고 준비하는 데에 열심이지만 좋아하는 여인을 만나러 갈 때의 그것에는 비할 바가 아니다. 몸도 머리도 이빨도 평소보다는 두 배 이상 더 박박 문질러서 닦고, 턱털이든 인중털이든 코털이든 면도에도 심혈을 기울인다. 특히 가슴께나 복부 주위에 이응노 화백의 〈군상〉처럼 은밀하고 난잡하게 돋아난 털에는 특히 더 신경을 쓴다. 나의 그녀가 인터내셔널하게 뒤덮인 가슴 털을 좋아하는 안문숙의 취향은 아닐 거라는 생각에서다. 그렇다. 나에게 있어 대책 없이 돋아나 있는 털은 사랑의 부재이며 이별의 전리품이다. 털을 목도한 후 썼던 그 시는 바로 쓸쓸한 내 마음의 원형이었다.

변질

나는 너의 변질이 좋다. 나를 집어삼킬 듯 과감하게 안내하는 뱀 같은 순수한 변질. 초년생인 듯 갈 곳을 제대로 찾지 못하는 내 마음의 뿌리를 은근한 손짓으로 집어 제 것으로 가져다가 소개하는 그 순수한 변질. 너도 한때는 고사리 같은 손으로 어미의 젖무덤을 조몰락조몰락거렸겠지. 아기는 어찌된 영문으로 생기는 것인지에 대해 멀뚱한 눈을 흘기며 묻고 또 물었겠지. 그러다 변해가는 몸 구석구석을 탐구하는 마음으로 유심히 만져봤겠지. 그러다 그러다 최초의 남자를 힘겹게 받아들이고는 조금씩 또 조금씩 변질되었겠지. 변질되어 점점 더 순수해지고 더 순진해지고 더 천진해지고 더 뜨거워지고 그렇게 점점 더 옷을 벗어젖히는 일이 쉽지 않아졌겠지. 그러다 그러다 다시 사랑이란 것을 믿어보기로 하고 사랑이란 무릇 가슴께 단추를 하나 더 푸는 일이라고 믿었겠지. 때로는 사내의 꼬추를 제법 성가신 것으로도 여기며 손가락질도 해봤겠지. 그러다 너는 마침내 이토록 아름답게 변질했고 자꾸만 기울어가던 그 밤을 가까스로 수료하며 몸이란 자질구레하게 요설하지 않는 사랑에 관한 초책(抄冊)이란 것을 알게 되었겠지. 내가 너의 변질을 숭앙함은 우리가 서로에게 솔직할 수 있음을 아니 그보다는 비로소 우리들

자신에게 솔직할 수 있음을 자랑스러워하는 까닭이다. 최초의 만남으로부터 살갖이 엉기기까지 비례하는 건 다만 사랑. 우리의 변질 앞에 미상불 사랑이란 한낱 소꿉놀이일 뿐인 것을.

다시 아멘

나는 천주교 신자였다. 갓난아기 때 세례를 받았고, 세례명은 발렌티노다. 어려서부터 주일에는 거의 빠지지 않고 성당에 나갔으며 신부님 옆에서 미사를 돕는 복사 일까지 했었다. 아마 깊은 종교적 체험과 진실한 믿음에 의해 능동적으로 움직였다기보다는 다소 기계적이었던 것이라고 생각된다. 마치 내 이름을 박현준으로 부여받고 으레 박현준으로 살고 있는 것처럼 말이다.

그러나 머리가 조금 크면서부터는 성당에 나가지 않고 기도도 하지 않는 실질적 무교 상태가 되었다. 종교에 대해 회의가 생긴 것은 사람에 대한 회의에서 비롯되었다. 세상에는 정말 온갖 종류의 이상한 사람들과 그들의 만행이 넘쳐흐른다는 것에 소스라쳤다. 결국 일상의 삶과 사람 속에서 온건한 정신으로 사랑과 배려를 제대로 실천하지 않는다면 그깟 종교가 무슨 의미가 있을까 하는 치기 어린 결론으로 일갈했다.

그렇게 종교와 아슬아슬한 관계로 연명해오던 중 맞이한 신자들의 일상적인 반목의 풍경에 그만 질려서 결심했다. 아 이곳으

로부터 떠나자. 아 이놈들로부터 벗어나자. 그리고 나는 보란
듯이 더욱 착하게 일상을 꾸려나가며 살아야지. 길거리에 쓰레
기를 버리지 말아야지. 쓰레기통이 없으면 담배꽁초를 주머니에
간직해야지. 무거운 짐을 지고 108계단에 직면한 할머니를 도와
드려야지. 남에게 피해를 주지 않고 사랑과 친절과 양보와 배려
를 실천하며 살아야지.

그렇게 10여 년이 흘렀고, 나는 다시 종교에 고개를 돌려 살짝
흘깃해본다. 이제는 나 자신이 싫어졌기 때문이다.

담배꽁초

내가 사는 아파트 입구 앞 잔디밭에는 흡연자들이 담배를 피우는 한 구역이 있다. 나도 하루에 몇 번씩 방문하는데 그곳에는 편하게 앉을 수 있는 의자도 하나 있고, 바닥에는 꽁초를 처리할 수 있는 하얀 접시도 하나 놓여 있다. 그렇게 꽁초를 버리라고 경비 아저씨께서 친히 접시까지 가져다 놓으셨는데도 허리 한 번 좀 굽혀서 안착시키는 게 그렇게도 싫은 모양이다. 접시 안에 들어 있는 꽁초보다 접시 주변에 떨어져 있는 꽁초들이 훨씬 많다. 슬프다. 그러나 이곳은 흡연자의 수효가 많지 않아 그나마 양호한 편이다. 도심 속 강남역이든 어디든 사람이 붐비는 흡연 구역에 가보면 흉할 만큼 모조리 개판 아사리판이다. 멀쩡히 쓰레기통이 있는데도 불구하고 바닥에는 꽁초와 침이 난무한다. 기필코 바닥에 카아악-퉤! 침을 뱉고 담배꽁초를 떨어뜨려 트위스트 스텝으로 비비고 떠나야 흡연자로서 멋의 대미를 장식한다고 믿는 것만 같다. 뭐 어차피 세상은 선악과 음양과 명암이 한데 공존하며 요지경인 것이 섭리인 줄 안다. 그리고 널브러진 꽁초 따위야 대수롭지 않은 사세한 것일지도 모른다. 어차피 이 지구에서 인간들이 살고 있는 한 쓰레기는 끊임없이 생산될 것이고, 그게 여기에 있든 저기에 있든 거기에 있든 어차피 치워지는 건 매한가지일 테니까. 그럼에도 불구하고 나는 그 행태와 수준이 싫다. 생활공간에서도 어지르는 사람 따로 있고 정리하는 사람 따로 있는 것이 못마땅하다. 이런 장면들을 목격할 때마다 나는 뭉뚱그려 사람들에게 정이 떨어진다. 미개하고 미개하며 선진국의 시민의식을 갖기에는 이토록 멀다는 현실이 슬프다.

시를 읽지 않는다

시를 예찬하고 시인을 숭앙하며 지성인의 편모를 내비칠 요량으로 시집을 품고 다녔다. 그러나 그대를 만나고부터는 도통 시를 읽지 않는다. 시라고 하여 연시(戀詩)만 있겠냐마는 어쩐지 사랑으로 갈급한 영혼의 끄트머리에서는 공허함에 허우적거리며 늘 시를 붙잡았다. 그런데 사랑에 빠지고 나니 보이고 들리고 만져지는 촌보(寸步)의 모든 것들이 거창한 심상으로 여겨져, 자칫하면 나도 제법 방순한 시를 짓고 시인이 될 수 있을 것만 같은 기분이 들 정도로 가량없이 도취된다.

약속 장소에 먼저 도착해 그대를 기다리는 것을 즐기는 까닭에 여지없이 먼저 도착해서는 커피 한 잔을 시켜놓고 기다릴 때, 문을 열고 들어서는 그대를 발견하고는 실상보다 더 과장된 손짓과 몸짓으로 애써 떨림을 감추려 했을 때, 마주 앉아 도란도란 이야기를 나누는 듯 보이지만 사실은 그 눈빛만으로도 버거워 무슨 말인지 제대로 입력하지도 못하고서 고개를 끄덕이며 어, 어, 그래, 맞아, 그랬구나, 맞장구치기 바빴을 때, 얼른 술 한 잔으로 도피하여 타는 속을 진화시키고 그대의 눈동자를 똑바로 응시하고 싶었을 때, 일배일배부일배 오히려 뜨거운 가슴이 자심해진다는 것을 미처 몰랐을 때, 군중 속의 짧은 입맞춤이란 아찔하듯 요연하여 쉬이 영원을 믿어버릴 수 있는 가장 빠른 약속이란 것을 깨달았을 때, 미처 다하지 못한 마음을 두고 떠날 때에 다시 만날 것을 믿겠다는 어느 시의 한 구절을 사치하듯 상기시키며 손 흔들어줄 때에, 그리고 또다시 기다리는 일마저 사랑의 은택(恩澤)으로 흔연히 맞이할 수 있게 되었을 때에. 그리고 또.

그 어느 때나 어디에서나 그대가 있는 풍경에서 시는 시도 때도 없이 불쑥불쑥 출몰한다. 그리고 기꺼이 읽혀지기를 바라는 그 모든 순간순간들을 소중한 마음으로 채집하다 보면 이윽고 시가 된다. 요컨대, 나는 시집을 읽고 있지 않지만 매 순간 시를 읽고 있다.

흔적이 담긴 책

오랜만에 중고서점에 갔다. 꽂힌 책들을 검열하듯 훑어보다가 내가 특히 좋아하는 책 중에 하나인 피천득의 《인연》이 무심코 눈에 띄었다. 얼른 집어 들며 순간 이런 생각을 했다.
'아! 이런 감성적인 책에는 왠지 책날개를 지나 첫 페이지에 이 책을 거쳐간 이의 흔적이 남아 있을 것만 같아.'
책을 펼쳤고, 역시 나의 예감대로 흔적이 남아 있었다.

흔적을 읽는다. 호주로 유학을 떠나는 친구를 위해 감수성 가득한 처자 A와 B가 짤막하지만 마음을 담아 인사말을 써놓았다. 내 마음은 이미 A가 되고 B가 된다. 왜 지금 여기 내 손에 이 책이 쥐어져 있는 걸까? 아무 상관도 없는 내가 괜스레 섭섭한 마음이 든다. 정확하게는 그 사람 자체보다는 그녀의 EQ에 못내 섭섭하다. 지음에게 선물 받은 책(그냥 책이 아닌 흔적이 남아 있는 책)을 팔아버린 행위가 한 인격체가 지닌 선악이나 시비의 문제로 판단될 수는 없기 때문이다. 어쩌면 책 주인은 친구들이 남긴 글처럼 호주로 떠나면서 본인이 지닌 모든 물건들을 처분해야 했는지도 모른다. 그러나 그럼에도 불구하고 내가 만약 책 주인이었다면 바다 건너 그 어딘가 더 먼 곳으로 떠나간다 하더라도 지음이 건넨 이 책을 팔지는 않을 것이다. 팔기는커녕 오히려 품에 더 깊숙이 간직하고는 낯선 곳으로의 여정에 위안으로 삼았을지도 모른다. 물론 이것이 바로 나와 그녀의 '다름'이지 '틀림'은 아니겠지만 말이다.

나는 내가 마음에 두고 있는 이들에게 '흔적'을 남겨 책 선물하기를 즐긴다. 나의 삿된 바람이지만 부디 그들이 나의 '흔적'이 담긴 책을 조금은 소중히 여겨 간직해줬으면 좋겠다. 그러고는 까맣게 잊고 살아줬으면 좋겠다. 그렇게 살고 살아가다 많은 시간이 흐른 그 언젠가 세월의 먼지를 털어 무심코 발견한 그 옛 흔적에 따뜻한 미소를 머금어줄 수만 있다면 더없겠다.

생존과 절멸에서

인간이라면 누구나 한 번쯤은 시련에 부딪쳐 눈물을 흘리곤 한다. 고통의 경중은 받아들이는 사람마다 모두 다르기 때문에 절대적인 계량으로 수치화할 수 없는 것이지만, 그래도 보편적인 정서에 의거한 최소한의 우열은 조심스레 가름할 수도 있겠다는 생각을 한다. 예를 들어 어느 한 사람이 직면할 수 있는 두 가지의 시련이 있다고 가정해보자. 하나는 대학 입시나 기업 채용에서 탈락을 맞이한 경우이고, 또 하나는 망막색소변성증으로 인해 후천적으로 시력을 상실하게 된 경우이다. 이 가정 역시 저마다 다를 수는 있겠지만 아무래도 후자 쪽이 조금은 더 실존을 뒤흔드는 일이라 그 고통이 훨씬 클 것이라고 생각된다. 그래도 역시 '어느 한 사람'이 맞이한 두 가지의 시련으로써 비교한 것은 입시에 탈락해서 죽는 사람과 시력을 상실해도 살아가는 사람이 둘 다 존재함을 아는 까닭이다.

이렇게라도 억지로 조금 더 큰 슬픔과 그보다 덜한 슬픔으로 이분해본다면, 필자의 경험상 눈물의 생산은 슬픔이 거대할수록 더디다. 특히 생존을 위협하는 슬픔일수록 눈물보다 앞서는 것이 생존을 위한 방어체계를 먼저 구축하는 일이다. 그것은 현재

직면한 이 상황을 미처 현실로 받아들이지 아니하고 꿈을 꾸는 듯한 비현실로 치부함으로써 애써 부정하는 일이다. 그래서 때로 초창기에는 그 전의 일상과 크게 다르지 않게 사회적 관계의 타인을 향해 소안(笑顔)으로 응대하기도 하고, 무덤덤한 표정으로 멀뚱히 개인적인 풍경을 소화해내기도 한다.

그렇게 시련의 최전선에서 한 발짝 벗어나 생존을 일구던 중 아이러니하게도 진짜 눈물이 뒤늦게 엄습한다. 생의 한복판, 생존의 한복판, 슬픔보다 고귀한 식욕이라는 생의 본능에 쉽사리 이끌려 목구멍으로 슬픔보다 하찮은 음식물들을 꾸역꾸역 쑤셔 넣을 때에, 바로 그 순간 문득 비축해두었던 눈물들이 보란듯이 탈출한다. 생존과 절멸 사이의 방황에서 느낀 존재의 비루함. 사람은 죽지도 못하고 살지도 못할 때에 가장 큰 절망감을 느낀다.

왠지 모르겠지만 예전과는 달리 울려고 시동을 걸지 않아도 갑작스레 눈물이 펑펑 터져 곤란해질 때가 더러 있다. 지금까지 나는 아버지를 여의었을 때, 친구가 죽었을 때, 하는 일이 잘 되지 않았을 때, 내 자아가 말살당했을 때 혹은 사랑하는 여인이 날 두고 떠났을 때, 또는 그밖에 이유들로 광장에서 전시하듯 울었고 밀실에서 감내하듯 울었다. 앞으로도 숱한 나날들을 울며 살아갈 테지만, 실은 그 눈물이라는 것이 내 실존의 보석이며 유한성의 축복이라는 것을 되새기며 선용(善用)할 수 있기를.

뜨겁게 사랑하기

-

같은 냉각 조건에서 높은 온도의 물이 낮은 온도의 물보다 빨리 어는 현상을 일컬어 음펨바 효과라고 한다. 이를 연인의 관계에 적용하여 높은 온도의 물과 낮은 온도의 물을 각각 더 많이 사랑한 사람과 그보다는 덜 사랑한 사람으로, 냉각 조건과 어는 현상을 각각 이별의 상황과 돌아서는 마음으로 치환했다. 사람마다 조금씩 다를 수는 있겠지만, 지금껏 내가 몇몇 연애 사건에서 보였던 행동양식은 위의 현상과 꽤 상통하는 면이 있다. 조금 더 정확하게 말하자면, 냉각 조건 즉시 상대방보다 반드시 더 빨리 언다는 시점 자체에 의거한 말을 하고 싶은 것은 아니다. 그건 아마도 그렇지 않을 경우가 더 많을 테니까. 다만 높은 온도의 물로서 의당 보일 법한 어는점으로의 더딘 여정이 스스로 사명을 다했다고 여겨지는 어떤 순간에는 낮은 온도의 그것보다 훨씬 단호하고 민첩할 수도 있다는 역설적인 그 의외성에 대해서 말해보려고 하는 것이다.

-

나는 단연 높은 온도의 물이다. 그래서 뜨겁다. 더 많이 갈구하고 동경한다. 미동에도 쉽사리 좌우된다. 말 잘 듣는 아이가 된다. 카리스마 있는 사령관이 되어 호령하기보다 충성심 가득한 부하가 된다. 좋은 기분이 엇나가거나 비위가 상하지 않도록 눈치를 보거나 배려를 잘 할 수 있다. 그런 것은 존재하지 않지만 굳이 손해라는 표현을 쓸 수 있다면 손해 보는 것에 둔감해진다. 합리적인 더치페이보다는 감정적 편향으로 계속해서 일방적으로 사주고 싶다. 세상에 있는 좋은 것들은 모두 그에게로 귀속시키고 싶은 마음이다. 언제 어디서든 설레는 마음으로 사료 그릇 앞의 개처럼 기다릴 수 있다. 변화를 요구한다면 지금껏 고수해온 것들을 철회할 수 있다. 평시에는 엄두도 내지 못했던 일들을 귀신에 홀린 듯 할 수 있게 된다. 무엇이든 해낼 수 있을 것만 같은 기분이 든다. 사촌이 땅을 사도 아프지 않던 배였는데 그를 둘러싼 다른 남자들의 존재로 인해 통증이 시작된다. 나를 꾸짖는 엄포에 천국과 지옥을 넘나든다. 일희일비한다. 사랑에 있어 자존심이라는 요소는 없다. 누가 먼저 누구를 찼는지는 전혀 중요하지 않다. 먼저 이별을 선포했다는 사실을 가지고 전리품처럼 떠벌리는 짓거리는 유치하기 짝이 없다. 본인은 덤덤한데 상대방은 열병을 앓고 분투한다며 성가시다는 듯 제 맘대로 권력 구조의 상위를 점거하고서 으스대고 있는 모습은 더할

나위 없이 꼴불견이다. 나는 내 사랑의 순수성을 입증하듯 도취할 수 있는, 그래서 기어코 더 많이 사랑하는 사람의 스탠스를 취한다. 물론 그 스탠스가 반드시 더 사랑하고 있다는 것의 반증은 아닐 수도 있지만 말이다. 또 연인 관계에 굳이 갑을 관계를 도입할 수 있다면 기꺼이 을이 되어 휘둘릴 수 있다. 사랑에 빠져 허우적거리는 내 모습을 또 다른 내가 나르시스가 되어 흐뭇하게 지켜볼 수도 있다.

-

나는 이토록 높은 온도의 물이지만 그럼에도 불구하고 때때로 빨리 언다. 그것은 앞서 명시했듯 곧바로 단념하고 냉큼 잊어버릴 수 있다는 말이 아니다. 이별의 조정 기간 동안에는 누구보다도 지질하게 질척대고 끊임없이 재고를 요청한다. 그러나 역시 앞서 말했듯 스스로도 충분히 간절하고 고귀한 사랑의 사명을 다한 시간이 왔다는 판단이 서면, 오히려 낮은 온도의 물이 당황할 만큼 급격하게 어는 현상을 보인다. 그럴 수 있는 이유는 의외로 간단하다. 더 이상 나의 여남은 마지막 한 줌의 미련과 집착이 사랑으로 치환되지 못할 것을 깨달았기 때문이다. 이제는 내 사랑을 기약 없는 희망에 기대지 않아도 될 만큼 더없이 떳떳하게 소진했기 때문이다. 완벽하게 손을 씻을 수 있는 이유는 완벽하게 손대봤기 때문이다.

–

시간이 흘러 도리어 그들은 갑자기 높은 온도로 변모하여 보고 싶다며 추파를 던지기도 했다. 그러나 나는 냉정하게 요청을 거절했다. 내 그토록 진작 사랑했고 진작 매달리다 진작 겨우 끈을 놓아버린 건 불과 그가 무심코 일별한 어제였을 뿐이다. 부지불식간에 마무른 침전물이 되어 이제는 함부로 휘저어지지 아니한다. 나는 앞으로도 누군가와 사랑에 빠지게 된다면 역시 높은 온도로 더 많이 사랑하는 사람일 것이다. 그러나 그것이 혹시라도 다가올 이별의 상황에서 소진의 명분으로 미련 없이 떠날 수 있는 힘을 갖고자 함은 결코 아니다. 떠나오고 떠나보내는 것은 언제나 힘들다. 다만 사랑할 때에 그저 사랑에 집중하고 더 뜨겁게 더 많이 사랑하며 사랑해내는 것이 결국 순수한 사랑의 온전한 주인이 되는 유일함이라고 믿는 까닭이다.

–

이제는 아름다울 차례

-

때때로 상흔이 남지 않는 홀가분한 이별도 있을 테지만, 대개 이별이란 가히 번잡스럽고 곤혹스럽다. 저마다 이룩해온 사랑의 역사가 제각각 다르듯 이별을 맞이하는 마음가짐과 대응하는 방식 또한 조금씩 다를 것이다.

-

나는 고통이 다가오면 그것을 거부하고 애써 외면하며 방어기제를 가동하기보다 오히려 정면으로 마주하는 것을 선호한다. 그것을 흔연히 받아들여 온전히 내 것으로 끌어안고 심해 속으로 침잠하여 표표히 소요(逍遙)하기를 즐긴다. 이를 두고 나는 스스로를 정신적 마조히스트라고 명명한다.

-

나 역시 한동안은 많이 힘들었다. 불현듯 내리친 이별로 인해 산란한 포연에 휩싸여 앞이 보이지가 않았다. 우선 슬플 때나 기쁠 때나 찾는 것은 술이요, 그러나 역시 슬프고 공허할 때에 마시는 것이 마땅하고 제맛이므로 술을 마셨다. 슬픈 노랫말의 화자와 나를 동일시하여 이입했다. 술을 퍼마시다 이취하면 애써 지웠지만 결코 지워진 적 없는 이의 번호로 문자를 보냈다. 잘 지내느냐고, 보고 싶다고, 목소리 한 번만 들려줄 수 없냐고, 추운데 감기 조심하라고, 그래 잘 지내라고 따위의 이제는 힘을 잃어버린 말들을 꾸역꾸역 보냈다. 대답도 없는 그곳을 향해 통화 버튼을 눌렀다. 울었다. 죽도록 보고 싶지만 볼 수 없다는 서러움에 울었다. 만져지지도 않는 요원한 사진만 보고 또 붙잡았다. 거리를 걸었다. 나만 제외하고 변하지 않은 사람들과 풍경들을 시기했다. 그토록 너저분하고 고리타분한 이별의 유습(謬習)에서 벗어나지 못한 채 한동안은 헛심만 썼다.

-

어느 날 밤 나는 이불 속이었다. 그러나 도통 가라앉지 않는 마음의 잔물결이 일렁이며 어찌 할 바를 몰랐다. 그러던 중 나는 문득 인터넷 검색창에 '이별 극복 방법'이라고 쳐봤다. 지금 생각해보면 다소 유치하고 우스운 프로세스라고 생각되지만, 그때는 그렇게라도 해서 감기에 주사를 맞듯 어떤 해답을 간구했다. 그렇게 검색을 해보니 관련 동영상이며 블로그의 글들이 해독제처럼 나를 기다리고 있었다. 그러나 누구나 다 알 법한 상투적인 것들이 건조하게 열거되어 있을 뿐 아무런 효력이 없었다. 이내 글 읽기를 그만두려다가 우연히 지식in으로 들어가보았다.

그곳에는 이별을 겪고 힘들어하는 사람들이 득실거렸다. 저마다 겪은 사랑의 역사와 이별의 경위를 늘어놓으며, 현재 느끼는 산란한 감정 상태를 부르짖었다. 그리고 극복 방법을 애타게 간구하며 호소하고 있었다. 이별한 수많은 사람들의 절절한 글들을 시간 가는 줄 모르고 읽다 보니, 어느새 내 마음이 조금은 위안이 되었다는 것을 지각했다. 나 홀로 세상에서 떨어져 나와 슬픔을 독식하고 있다는 듯 과시했지만, 세상에는 나와 비슷한 슬픔을 간직한 사람들이 충분했다. 극복 방법은 따로 읽지 않았다. 나는 이제 안다. 이별을 극복하는 방법을 강구하기에 앞서 나와 같은 처지의 사람들이 존재한다는 사실만으로도 그 얼마나 큰 위로의 발판이 마련되는지를. 내가 모르는 때에 거리의 사람들은 모두가 조금씩 흔들려왔고 스치던 풍경들은 늘 제자리가 아니었음을.

-

또 어느 날 밤 나는 편의점에 앉아 술을 마시고 있었다. 슬픈 발라드를 들으며 가엾은 이별한 자로 분하여 슬픔을 세분화하고 있었다. 한창 슬픔 속에 나를 푸욱 담고 있을 때쯤 눈앞에 양복을 입은 중년의 사내 한 명이 지나가는 것이 보였다. 그는 술에 잔뜩 취해 고개를 숙인 채로 허영허영 걸음을 옮겼다. 순간 어떤 생각이 나의 뇌리에서 번뜩였다. 아, 지금 그에게는 나와 같은 슬픔이 있을까. 사랑에 좌우되며 눈물로 스러지던 밤 언제였을까. 아득히 먼 기억, 일찍이 사랑과 이별의 소란은 가뿐히 이수하고, 여상(如常)한 하루하루를 잔 기억들로 살아가고 있는지도 모른다. 생각이 거기에 다다르자, 나는 내가 겪고 있는 이별의 고통이 단지 부정적인 것만은 아니라는 생각이 들었다. 나아가 오히려 긍정적인 것으로 느껴지기까지 했다. 어쩌면 지금 내가 소비하고 있는 감정과 눈물은 열렬히 사랑하고 있는 사람만이 누릴 수 있는 젊은 시절의 사치일지도 모른다.

-

이별은 아프다. 그럼에도 불구하고 이별을 겪은 이들은 아름답다. 찌그러진 부위를 조금씩 조금씩 힘겹게 펴나가다 보면, 사랑했기 때문에 획득할 수 있는 훈장 하나를 저마다의 가슴속 깊은 곳에 소중히 매달게 된다. 사랑했던 날들은 아름다웠다. 그래서 나도 아름다웠다. 이별했던 날들은 더 아름다웠다. 그래서 나는 그만큼 더 아름다워져 있다. 결코 헛심을 쓴 게 아니었다. 울고 무너지고 후회하는 것은 아름다운 것, 그렇게 사랑은 가고 이제는 아름다울 차례.

3장

時의 詩

담배 연기

담배 한 개비를 피우며
마른하늘을 바라본다.

흩어지는 담배 연기를
바라보고 있나니

담배 연기가 구름인지
구름이 담배 연기인지
알 수가 없구나.

구름은 세상 사람들의
한숨 섞인 담배 연기다.

_2008년 2월 17일

秋派

내가 너에게 추파를 던지자
너는 가만히 추파를 잡았다
내게 다시금 던지지 않았다
받은 추파를 다른이 품으로
힘껏 던지고 다시금 받았다
나의 추파는 언제나 그렇게
다른 욕망의 추파로 엇갈려
진짜 현실적 어원적 그대로
사뭇 가을날 잔잔한 물결로
내게 부딪쳐 혹독한 뭇매로
휘이 몰아쳐 내가슴 찢어져

_2008년 2월 17일

별

까만 밤하늘을 바라보니
사실은 까맣지 않았다.
까만 밤하늘을 사모하는
별들로 가득 차 있었으니.
나는 문득 부러움에
까만 밤하늘 몰래
내 저고리 복주머니 속으로
별 하나씩 고이 집어서
차곡차곡 모셔 두었다.
너무나 처연하도록 빛나고 있는
별을 보자,
나는 그만
부끄러워졌다.
그 빛나는 별의 일각이라도 좋으니
내 가슴속에 수를 놓아
빛나게 하고 싶었다.
그렇게 날이 새는 줄도 모르고
옹송그리는 별 하나라도 더

손짓하며 훔치려 했다.

그렇게 까만 밤하늘이 태양 뒤로

모습을 감추었을 때쯤,

밤하늘이 안고 있는

별을 보던 나는,

나는 그만

별이 되어버렸다.

_2008년 3월 13일

大地

문득 반지하 창문에 서서
밖을 바라보니 비가 내리기 시작했다.
나의 시선은 정확하게
대지의 평면과 일치되어
빗방울이 대지의 품으로 떨어지는
최초의 만남을 바라보았다.
그때, 대지를 적시는
빗방울을 바라보며
나는 '어머니'를 생각했다.
세상에서 떨어져 나와
길 잃은 고아가 되었을 때
대지는 나를 단지 인간으로서
비로소 대지에 서 있게 하였다.
내가 대지를 외면한 채
하늘로 날아오르려 할 때에도,
혹은 드넓은 대지의 수평을
수직으로 배반하려 들 때에도,
대지는 그저 대지의 존재 그대로

그곳에 묵묵히 버티고 있었다.

그렇게 하늘로 날아가

이리저리 방황하며 왈패로,

결국 산발적으로 요동치며

부끄러운 얼굴로 대지의

문을 두드릴 때에도,

대지는 그저 대지의 마음으로

소리 없이 넉넉하게

나를 맞이해주었다.

어쩔 수 없이 대지는

대지라는 존재 이유로

결코 배반할 수 없는 것,

나는 이제 비로소 내 실체를

산산이 부수고 찢기어서라도

그 드넓은 대지의 품속으로

격렬하게 스며들어야겠다.

그렇게 또 그 언젠가가 되면

대지라는 기억을 가슴에 새긴 채

하늘로 올라가 두고두고
대지를 추억할 수 있으리라.
내 문득 대지의 품이 그리워지면
그때에도, 역시나 그때에도
대지라는 불가결적 존재로서
광활한 자태로 펼쳐져 있을
대지의 품으로, 그 품으로
자못 진지한 겨울비의 자세로
조용하지만 강렬하게
입맞춤하고 싶다.

_2008년 3월 23일

너와의 관계

내 너와의 관계를 생각해보면 몹시 순간적이고 뜨거웠다. 너와 알게 된 지 얼마 되지는 않았으나 그 열정은 화려했다. 하늘 위로 작렬하는 폭죽처럼 거침없었다. 그러나 그 '폭죽처럼'이 문제였다. 남은 것은 불꽃인가. 아니었다. 찰나였다. 쓸쓸한 연기만이 남아 허공을 맴돌다 사라져버렸다.

내 너와의 관계를 생각해보면 나 역시 그 시간에 비례하지 않는 열정적임에 다소 걱정이 되는 것도 사실이었다. 그러나 사랑이 언제나 시간에 비례하지는 않는 거라 자위하며 돌진했다. 삶에 있어 때로는 미래를 생각지 않고 무작정 부딪쳐보는 것도 필요할 거라 생각했다.

내 너와의 관계를 생각해보면 그 돌진적임을 철회할 필요가 있다고 생각했다. 그것은 내가 사는 원룸 간밤의 이글거리는 열정적이고 격렬한 보일러보다는 아침 즈음 이불 밑에 잔잔하게 배어 있는 미열 같은 사이가 되고 싶었기 때문이다. 한껏 편안하고 여운이 남고 깊고 아득한 관계를 맺어 그윽한 눈길로 바라보고 싶었다.

내 너와의 관계를 생각해보면 말하자면 내 일방적인 착각이었다. 너에게 있어 내 믿음의 존재는 묵살되었으며, 나 스스로는 그 믿음이 너에게 고스란히 믿음으로서 스며들 줄을 착각하고 있었다. 결국 우리 사이의 공간은 어딘지 모르게 흩어져버렸고, 그 공간 없음에 소스라치게 놀라고 나를 침묵케 했다.

내 너와의 관계를 생각해보면 미심쩍은 부분이 많았으나 생각지 않기로 했다. 연쇄적인 생각의 작용들로 인해 어설픈 해석과 결론에 잇닿아 쓸데없는 되새김질이 걱정되었다. 그리하여 우리의 진실이라고 믿었던 그 날의 격렬함과 소곤거림과 맞닿음과 천진난만함과 부끄러움이 한낱 부질없음이 되버릴까봐서이다.

그래서 이제 내 너와의 관계를 생각지 않기로 했다. 마지막으로 끼적이는 이곳을 떠나면 미친 듯이 잊어버리기로 했다. 너와 나는 아무런 관계도 없었으며 절대로 이을 수 없는 끊어진 선이었다. 결국 처음부터 너는 너였고 나는 나였으며 지금에도 그러하기 때문에 나는 아무런 부담 없이 너와의 관계를 생각지 않기로 했다.

너와의 관계를.

_2008년 4월 10일

자화상 스물셋

그래,

그것들은 사랑이 아니었다.

낙오된 자의 초라한

분풀이에 불과했다.

나는 나를 홀대했고,

나의 정결과 진실은 모두

폐기장에 던져버렸다.

유일하고 뜨거웠던

나의 진실한 가슴은

그녀의 마지막 음성에서

안녕이라 말할 때에

모두 말살되어버렸다.

그 후 나의 만행은

여기저기 곳곳에

지독한 향수처럼

뿜어져 나를 혼미케 했으며

지금의 나는 독방에

감금된 죄수처럼

괴로움에 몸서리치고 있다.

나의 가슴은 도대체 어디서

적적한 유령처럼

배회하고 있는 걸까.

다시금 찾고 싶다.

이 공허하다 못해

뻥 뚫어져버린

내 가슴속에

유일한 진실이었던

그때의 가슴을

온 몸이 부서지도록

껴안고 싶다.

그래,

그것들은 사랑이 아니었다.

내 젊은 날의

치기에 불과했다.

이제 와 나는 정말

내가 말할 수 있는

마지막 '젊은 날'의
어휘 사용이 될지도
모른다는 절박한 심정으로
사랑을 하고 싶다.
그렇게 내게 극적으로
사랑이 다시 온다면
나는 죄와 벌처럼
철저한 인과론적으로
사랑을 하고 싶다.
그대가 어떠한 죄질로
내게 다가온다 하더라도
나는 온갖 종류의 벌을
이 세상 가장 달콤한
형벌로 받아들이며
그렇게, 그냥 그렇게
사랑을 하고 싶다.

_2008년 4월 15일

그대는 영원하다

그대가 그대 스스로도

알 수 없었지만

내게 베풀었던 일들,

그대에게 받았던

희망과 행복과

문득 살아있음이

아직도 파르르 떨려

나를 간지럽힌다.

한때 그대는 먼 그대였고,

나는 늘 그대의 언저리

희망의 씨앗들을

주워 먹고 살았지만

그래도 그 작은 씨앗들로

나는 날로 조금씩 자랐다.

그리고 이제는

그대가 더 이상 먼 그대가

아님을 느낄 수 있었고,

사실 그대는 내 가장

가까운 곳에 있는

사람이란 걸 알았다.

가장 가까이에 있지만

가장 헤아리기 어려운

내 깊은 마음속의 그대를,

어느덧 웃으며

추억할 수 있게 되었다.

이제와 추억해본들

그대가 다시 내게로

돌아오는 것은 아니나

이렇게 언제든지

내 마음 내키는 때에

그대를 추억할 수 있으니

내 마음속에서 언제까지나

그대는 영원하다.

_2008년 5월 11일

아기 *1986*

아기일 수 있을 때
충분히 아기일걸.
나는 내가
아기인 줄 몰랐다.
아무 생각 없이
엄마의 젖을 빨고
영원으로 가는
꿈나라로
끝없이 자고
온 세상이 깨어날 듯
울어버렸다.
그때 나는
내 손가락을 빨며
엄마의 젖이라
생각했을 것이다.
젖병이 닳도록
빨고 있으면서도
엄마의 젖이라

생각했을 것이다.

생각이 모든 것을

지배하듯

아기였던 나는

미처 내가

아기인 줄 몰랐다.

터질 듯 만개하던

꽃봉오리가

시들어 결국

낙화(落花)했을 때,

나는 비로소

세상 밖으로 떨어져

모든 것이 무너질 듯

울어버렸다.

아— 내가

아기라는 생각을

지배할 수 있었다면

나는 결코

엄마의 젖을 쉽사리

물지 못했을 것이다.

_2008년 5월 12일

태양

나는 아직도 너의 몸을 잊을 수 없다.

결코 마음이 들어설 곳 없는 너의 곡선을

잊을 수 없다. 잊을 수 없다.

너는 만지면 부서질 듯 부드러웠다.

너는 닿으면 멀어질 듯 희미했다.

끝끝내 지키지 못한 나의 욕망.

모든 것은 네가 그러한 탓.

나의 시선은 모른 척하며

미칠 듯한 너의 향기를,

너의 빠알간 입술 속 이글거리던

욕망의 혀를 단숨에 집어삼켰다.

어느 누구도 너의 눈부신 순수에

매도당하지 않을 수 없으리.

비록 죽을 만큼은 아니었으나

죽음보다도 아득했던 너의 금빛 육체를

잊을 수 없다. 잊을 수 없다.

덧없는 나의 욕망에 반(反)하여

너를 반추(反芻)함은

다만 그것이 사랑이었다고 믿고 싶을 뿐.

_2008년 5월 15일

재회

아침에 일어나면
어제 하루 종일
담배 연기로
얼룩져버린 폐가
다시금 말갛게
씻겨버린 느낌이다.
어제는
나의 사랑도
그리움에 사무친
밤의 고독에서
벗어나려 눈물겨운
고통을 감수했지만,
오늘 아침,
처음 그대를 만난 듯
말끔히 새로워졌다.
어김없이 떠오른
태양의 뻔뻔함으로,
뭐든지 부딪힐 수

있을 것 같은

빗줄기의 당당함으로,

하늘 위 구름마저

삼켜버릴 듯한

깊은 한숨의 절박함으로,

이 찬란한 아침,

그대의 향기를

맘껏 호흡하는 마음으로,

나는 어제의 시련보다

더 깊고 깊은

폐의 저변까지

담배 연기를 들이마시겠다.

_2008년 5월 20일

5월의 해

5월의 해,
너는 현실 속에
우리들을 푸-욱
담가 두었지.
쉽사리 꿈꿀 수 없는
5월의 해.
느지막이 고개를 숙여
눈을 감는 듯하면
금세 눈을 부릅뜨고
발광(發光)했다.
우리들의 현실 도피적
천진난만함이
채 완성되기도 전에
홀딱 벗겨버렸고,
미처 꿈으로
닿기도 전에
흔들어 깨워버렸다.
5월의 해,

너로 인해

나의 귀향은

다소 쓸쓸했지만,

오랜 시간 허락되지

않았던 어둠만큼

어둠을,

갈망하게 되었다.

그렇게 소슬한

너의 정열은

미명(未明)을

타파했지만,

나의 고루한

몽매(夢寐)는

오히려 밝음 또한

어둠으로 느끼며,

생피(生血)와 같은

현실감으로

희붐한 공간 속에서

자못 준열하게
적멸해갔다.

_2008년 6월 1일

바그다드 카페

자못 숙연함으로
고개 숙이던 붉은 노을이
흩날리는 모래 먼지를
뒤덮고 있을 때,
바그다드 카페에는
태양이 번뜩이고 있었다.
태양 너머로
기다렸다는 듯이
살며시 고개를 내미는
살진 여인네.
후줄근한 블라우스와
두터운 보르도 재킷으로도
그 풍만한 젖가슴은
감출 수 없었네.
마술을 꿈꾸었던
깃털 달린 중절모도
그녀의 빨갛게
기름진 머리칼을

감출 수 없었네.

모래폭풍과 함께

흐드러지던

배반과 욕망의 덧없음,

가난으로 얼룩진 영육과

끝없는 좌절과 고통은

모든 것을 쉬이

잠재우던 저녁 놀

목구멍 속으로

꾸역꾸역 넘어가버렸다.

선명한 붉은 놀 사이로

몹시도 희미하게

몹시도 애절하게

나를 손짓하던

여인(旅人)의 목소리를 향해

나는 타는 저녁 놀 속으로

온 몸을 던져버렸다.

그리고

얼마나 지났을까.
뻐근한 몸을 일으켜
눈을 떴을 때,
내 눈앞에는
보르도 여인네의
풍만한 젖가슴이
가리어진 초상화가
넋을 잃고 나를
바라보고 있었다.
아–
아마도
그것은 꿈이었을까.

_2008년 6월 24일

어머니와 매실주

오십 해를 넘게 살아오신,
조금 더 잔인하게 표현하자면
반세기를 넘게 살아오신
어머니는,
도저히 내가 가늠할 수 없는
긴 세월의 갖은 풍파를
춤추듯 넘실거려 흘러오신
어머니는,
일찍이 사랑에 눈감으시고는
홀로 두 핏덩이들
뒷바라지에만 투신하신
어머니는,
삶의 눈부신 면역력으로
어느 정도의 것들은
그저 무심코 넘기시는
어머니는,
오늘,
정성껏 담은 매실주

항아리가 깨져버리자

가늘게 떨리는 음성으로

히스테릭한 음성으로

나지막이 말하셨다.

죽고 싶다고.

바닥에 점점 퍼져가는

매실액의 진하고 끈적끈적한

깊은 한숨으로 말하셨다.

죽고 싶다고.

아아-

나는 끈적거리는

입술을 겨우 다물고

가슴을 죄어오는

처절한 현실의 생동감을

진하디 진하게 느꼈다

_2008년 7월 8일

花樣年華

견딜 수 없도록

돌아가고 싶다

외쳐본들

그 어딘가 언저리에도

닿을 수가 없구나.

언제나 그렇듯

그땐 미처

알지 못했지만

돌이켜보니

참으로 아름다웠던 때.

실로

아름다웠던 때는

아름다움의 그대로

고스란히

느낄 수 없는 법.

생각해보니
지금 내가
사랑하고
이별하고
눈물 짓는,

아니 조금 더
노골적으로
이 힘겨운 언어들이
나열되는 이 순간이야말로
내 인생의 화양연화.

_2008년 7월 8일

춤 (앙리 마티스의 '춤'을 보고)

춤을 추자.
너와 나 우리
손에 손잡고
춤을 추자.

우리의
벌거벗은 몸은
정신보다 우월한
하나의 세계.

우리가
그려낸 원(圓)은
세계를 아우르는
하나의 우주.

서로의 육체를
바라보지 아니했고
그대로의 육체로서

갈망했다.

서로의 생각을
갉아먹지 아니했고
그대로의 생각으로
생각했다.

자,
잇단 생각은
우리의 육체를
고되게 하는 일.

춤을 추자.
너와 나 우리
손에 손잡고
춤을 추자!

_2008년 7월 9일

밤

또다시 밤이 왔도다! 어떤 이에게는 낮은 열정이고 밤은 냉정이다.
그러나 그 누군가에게는 낮은 죽음이고 밤은 부활이다. 예술가적
천성을 부여받은 내게 있어 밤은 깨어나기 위한 시간이다. 한낮의
이글거리던 태양은 저물어 스스로의 정열을 고스란히 내 가슴으로
던져주었다. 몸부림치지 않아도 스스로 발열하며 여느 연인들의
격정적인 밤의 애무보다도 뜨거웠다. 잡히지 않던 나의 사랑처럼
뜨문뜨문 박혀 있는 밤하늘의 별은 나를 간지럽히고, 잡힐 듯 유영
(游泳)하던 보름달은 한강물을 타고 흘러 흘러 나를 애타게 했다.
낮의 불장난으로 검게 그을린 밤하늘처럼 내 마음도 임의 장난기
가득한 희망으로 검게 타버렸다. 그리고 하늘과 바람과 별과 시를
사랑했던 어느 시인의 입맞춤으로 한껏 충만해져버린 가슴으로도
이미 뜨거운 여름은 나의 정열에 한발 물러나버렸다. 그렇게 내 유
일한 위안이었던 밤은 어느새 동트는 새벽으로 흘러가 수줍게 고개
드는 아침과의 오묘한 포옹을 나누었다. 나도 퍽 애잔한 마음으로
그들의 포옹을 지켜보다 내 정열이 식기 전에 아침 태양에게 일임했다.
그리고 또다시 밤을 기다리는 마음으로 연신 노래하였다.

_2008년 7월 14일

삶

산다는 것은
죽음을 향해
나아가는 것.
죽음을 찬미하도다.
죽음을 찬미하도다.
아직은 아니라고
말할 수 있기에
오늘도 나는
거친 숨을 몰아쉬며
꿈을 꾸고 있구나.
그 어떤 무엇도
내 삶과 죽음을
심판하지 못하리라.
내 가슴속
마지막 불꽃같은
섬광 이는 날
나는 아껴두었던
권총의 방아쇠를

힘껏 당기리라.

삶보다 찬란한

죽음으로 나는

환희에 가득 차리라.

꽃과 풀잎과 나무는

하늘과 바람에

어우러져 춤추리라.

별빛이 흘리는 눈물에

달빛이 내뿜는 미소에

새들은 노래하리라.

저 멀리 붉게 타는

노을도 나와 함께

안녕을 고하리라.

아!

삶이 이토록 아름다운 건

모든 것이 죽어가기 때문이구나.

_2008년 7월 19일

비극 1

아, 비극이여!
나는 매번
내 사랑을
내동댕이쳤고
나는 매번
내 눈물을
그리워했다.
지금 이 순간,
피아졸라의
탱고와 함께
나의 사랑은
이 얼마나
비극적인가.
아직 멀었다.
푸른 내 청춘이
시들어지고
바래질 때까지
나의 비극은

끝나지 않으리라.

아, 비극이여!

_2008년 10월 2일

멈춰버린 시간

그대,
그 아름다운
입술로 말한다.

시간이 지나가면
나의 사랑도
아무것도 아닌 것이
될 거라고.

나는,
그 말이 그렇게도
싫었다, 듣기 싫었다.

그대,
그 아름다운 입술로
영원(永遠)을 부정한다.

나는,

그 말이 그렇게도
싫었다, 보기 싫었다.

내가 그렇게도
그 말이 싫었던 것은
어쩌면 그 말이 너무도
진실이었기 때문이리라.

아, 그대만을
영원히 사랑할 수 있다면
차라리 난 멈춰버린 시간 속에
살고 싶다.

변해가는 모든 것들,
사라지는 모든 것들,
잊혀지는 모든 것들,

그 모든 것들,
내 사랑까지도

멈춰버린 시간 속에서

영원히 사랑하고 싶다.

_2008년 10월 20일

기도

이 부끄러운 두 손을
감히 포갤 수 있겠는가.
이 부끄러운 마음으로
무엇을 바라고 소망하는가.
절박함을 모르는 자,
절실함을 모르는 자,
한낱 유물(留物)이었으리라.
나 살아가는 동안
절박한 줄 몰랐고,
절실한 적 없었다.
허나 오로지 이 순간
그대를 사랑하는 마음 하나로
나는 두 손을 모으리라.
연속성의 부재로 인해
기도의 효력이 없다 해도
나는 가장 순수한 사람의
간절히 기도하는 마음으로
그대를 사랑하리라.

온 마음을 다해

그대를 사랑하는 마음으로도

나는 부끄럽지 아니하며

온전히 두 손을 포갤 수 있나니.

_2008년 11월 3일

비극오

그대가 나를 버리기를
나는 얼마나 수없는 밤을
지새우고 또 지새웠던가.
그대가 내 마음을 모른 채
다른 이의 품에서 띠우는
온전한 미소가 보고 싶어
나는 또 얼마나 많은 시간을
붙잡고 놓아주지 않았던가.
한없이 한없이 침잠하여
비극과 대면하는 나의 모습을
얼마나 바라고 또 바라왔던가.
진심으로 바라건대,
결국 찬란한 내 인생이
비극으로 점철되어지기를.
그대가 알 수 없고,
그 누구도 알 수 없는
오직 나만이 아는 이야기.
내가 이토록

비극을 사랑했음은

그대를 사랑했음과 같고

오히려 그보다는,

나를 더 사랑했음에 있다.

_2008년 11월 4일

낙엽

추풍(秋風)에 고개 숙인 낙엽,
너는 무엇이 그렇게도 그리워
한줄기 눈물로 스러지는가.

한때 너는 혼자가 아니었음을
너의 발그레한 두 뺨이
소리 없이 말해주는구나.

오색 빛깔 눈물로 토해버린
네 옛사랑은 벌거숭이 되어
회한으로 파르르 떨고 있구나.

일말의 미련조차 떨구어버린
마지막 잎새는 풀썩 주저앉으며
사랑의 덧없음을 속삭이고 있구나.

아, 그래도 너는 사랑하여라.
본디 너의 사랑은 눈물이었으니

후회뿐이라 해도 사랑하여라.
그 눈물 가득 머금은 채
떠날 때에 떠날 줄 아는
가을날의 낙엽이 되어라.

홀로 슬픔의 뒤안길에서
가끔 부는 바람과 벗하며
멋대로 휘날리고 부서져라.

그렇게 다시 처음인 것처럼
사랑할 때에 사랑할 줄 아는
봄날의 꽃잎 되어 돌아오리라.

_2008년 11월 6일

끝

펄펄 끓는 용광로처럼

타들어가는 담배의 끝,

못 나의 사랑의 끝도 그러했구나.

제 한 몸 타들어가는 줄도 모르고

정신없이 사랑의 연기 휘날리며

더 깊숙이 빨고 내뱉었구나.

문득 처연한 손가락질에

아무 곳에나 내팽개쳐진 불똥은

그대의 마음인가 나의 마음인가

부질없이 흩어져버린 연기는

저 하늘 끝 어딘가에

추억쯤으로 자리 잡았을까

이제와 시커먼 속 드러낸 채

이별의 청춘들과 부대끼며 생각하길,

아, 모든 것들이 그러하듯

끝은 언제나 격렬했구나!

_2009년 1월 4일

껌

너의 몸은 올곧게 뻗어 있는
부드러운 비단길.
이내 너는 내 안으로 들어와
네 한 몸 갈기갈기 찢기고
구겨지고 부서져
끝없이 펼쳐진
사막의 비단길처럼
남김없이 토해버렸다.
한낱 길바닥에
쩌-억 하고 달라붙어
세속의 인간들의
오만한 몸짓에
또 한 번 짓밟힌데도,
그래도 너는 후회는 없겠네.
네 가슴속 고스란히
모아놓은 보물 같은 감성,
끝내 흘리지 못했던 눈물,
한때 아쉬움으로 부라렸던

네 마지막 사랑의 눈짓도

한아름 단물로 모두 쏟아냈으니,

그래도 너는 후회는 없겠네.

_2009년 1월 6일

성당

꿈을 꾸러 성당으로 갔던
사람들이 우르르 몰려나오네.
두 손 꼬옥 모아
두 눈 꼬옥 감고
기도를 드렸지.
하늘을 향해 꿈을 드렸지.
그 누군가는 눈물도 흘렸지.
꿈을 모아 성당으로 갔던
사람들이 우르르 몰려나오네.
왁자지껄 어울리면서
잘 가라 안녕을 고하며
서로 부둥켜안기도 하고
뜨거웠던 손을 맞잡기도 하고
그렇게 아쉬움을 남긴 채
자신들의 꿈이
여기저기 흩어져 있는
집으로 가네.
울다가 웃으며

집으로 가네.

나는 집에는 있지만

홀연 성당으로 가지는 않겠네.

항상 꿈을 꾸고 있으니까.

_2009년 1월 8일

겨울나무는 외롭지않다

유장한 세월

오색으로 빛나던

나뭇잎들과 작별을 고하며

나뭇가지 가지마다

켜켜이 고독을 잠재우며

외로움의 표상,

겨울나무.

하지만 그것은

내가 겨울 산을

품어본 적 없음에

모르는 까닭.

으슥한 어둠이

여기저기 내려앉은

밤의 겨울 산을 오르며

내 마음마저도

소슬해질 무렵,

문득 고개를 들어
밤하늘을 바라본 나는,
보았다.

외로움으로 치부해버린
나뭇가지 가지마다
초롱초롱 별들이
나뭇잎들 떠난 자리에
하나하나 걸려 있음을.

가을 무렵,
퍼-억 애잔한 마음으로
낙엽을 보낸 눈물로
그 눈물로 빚어내어
겨울나무는 비로소
별을 키웠다.

겨우내

별을 품고 있는,

오색으로 빛나던

나뭇잎보다도 몇 겹의

세월은 더 빛나는

별을 품고 있는

겨울나무는 외롭지 않다.

_2009년 1월 26일

술과 나의 역학관계

도대체

언제쯤

내 혈류 속,

험난한 파도 속을 거침없이 서핑 하는 인간처럼,

유연한 몸짓으로

디오니소스는 당도할 것인가.

그 흔한 메타포로서

나는 점점 바싹 말라 구겨진 대추가 돼버리고 만다.

그저 나는 비틀거리는 몸을 이끌고

홀연 로마로 날아가서는,

성수(聖水) '박카스' 한 병을 따서

벌컥벌컥 마셔버리고 마는 것이다.

_2009년 2월 3일

3월에서 3월까지

그 노래가 들리면
현재의 나는
시간과 공간을 초월해
2008년 3월의 '나'로
날아가버린다.

아름다움으로
포장되어 있지만
현재에서 그때로 이어져 있는
기억의 조각들로 이루어진
리본을 따라
하나하나 풀어헤쳐 보면,

그것은
한때의 생채기,
라고 하기엔
너무도 큰 아픔.

아무리 가슴 아파도
시간의 파도를 타고
일렁이며 내게로
밀려오는 것은
백사장 고운 모래 위에
남겨진 흔적들뿐.

그러나
그 희미한 흔적조차
시간의 파도로
지워져버린다.

또다시
한 걸음 한 걸음
내딛으며
나는 시간의 파도를
부정하겠지만

차라리

다시금 상자를 덮고

빨-간 리본 묶으며

나비모양 매듭으로

한껏 모양을 부리면

내가 보기에 좋겠구나.

사랑한다는 것

내가 그대를 사랑한다는 것은
나를 온전히 사랑함에 있다.

나의 모습이 더 뚜렷해지기를 바라며,
나의 노래가 더 간절해지기를 바라며,
나의 세계가 더 단순해지기를 바라며,
나의 모든 것을 더 바라고 바라게 된다.

이렇듯 나의 모든 것을 바람은
내가 그대를 사랑한다는 것에 있다.

내가 그대를 사랑한다는 것은
내가 보다 나은 사람이 되는 것에 있다.

_2009년 4월 27일

기다림

여기 이 자리에서 그대로 있을 테니
그저 그대 편한 때에 맞춰
서두르지 말고 천천히 오세요.

그대의 망설임이 그대의 사랑이라면
나의 기다림은 나의 사랑,
서로가 더 확실해지겠지요.

제 몸 하나 이토록 가벼워
스친 바람에 정처 없이 떠나가버리는
서글픈 꽃가루는 되지 않겠어요.

오히려 그대의 눈부신 태양 감춰도
뜨거운 몸 부여잡고 밤새 울어대는
여름날의 매미가 되겠어요.

아니 그보다는 그대조차 모르게
나의 사랑 다하는 날까지 기다리다

스스로 그리워지는 눈사람이 되겠어요.

그렇게 또다시 삶 속으로 녹아 들어가
꽃피는 계절 달콤한 봄비가 되어
그대의 눈물로 흐르겠어요.

그렇게 그대 뺨 위로 뜨거운 눈물로
나의 사랑이 전해지는 그때에도,
서두르지 말고 천천히 오세요.

_2009년 6월 26일

여름밤의 꿈

귀뚜라미 재잘재잘
울어대는 여름밤.

여름밤에는 한없이
꿈꾸고 싶어집니다.

여름 밤하늘의 별은
지나간 나의 옛사랑.

봄날 흩날리던 벚꽃은
내 뺨 스치던 그대의 손.

아무도 잡아주지 못하는
여름밤의 꿈이 아름다움은,

내 아직 그대와의 봄날을
이토록 잊지 못하는 까닭.

귀뚜라미 재잘재잘

울어대는 머-언 여름밤.

_2009년 6월 30일

잊는다는 것

잊어가는 것을
두려워 말라.

어차피 사는 것은
하나씩 잊어가는 것.

허나 잊는다 해도
헛된 것은 아니다.

이미 우리는 그때
충분히 사랑했으므로.

잊어가는 것을
슬퍼하지 말라.

어차피 지금 이 순간도
잊힐 테니깐.

차라리 오늘이

영원히 오늘인 것처럼

사랑하고 또,

사랑하리라.

외롭다

외롭다.
저 멀리 어디론가
홀로 내팽개쳐진 채
벌거숭이 된 몸 웅크리고
으스스 떨고 있다.

내가 외로운 건
연인의 부재도
모든 것을 잊어감도
육체의 욕망의
허기짐도 아니다.

가슴과 눈물로
그려지는 모든
노래와 이야기로
서로의 은밀한 곳을
애무해줄 사람들이 없다.

사람들은 너무도
눈물에 인색하다.
더 눈물 흘려야 한다.
더 고통스러워해야 한다.
더 죽음에 가까워져야 한다.

가슴에서 전해진 입김을
고통이 낳은 눈물을
후-하고 불어버리는
웃음들이 경멸스럽다.
너무도 경멸스럽다.

외롭다.
너무나도 외롭다.
서로의 가슴 움켜쥔 채
같은 노래를 부르며
함께 눈물 흘리고 싶다.

그렇게 서로의 눈물을

닦아주며 핥아주며

뜨거워진 손 맞잡은 채

웃으며 죽어갈 수 있는

그런 사람들이 필요하다.

_2009년 7월 11일

구름

어떤 날 구름은

흘러 흘러가며 내게 말한다.

너는 지금 어디로 흘러가고 있느냐.

어떤 날 구름은

한 점 없이 숨은 채 내게 말한다.

너는 지금 어디에 있느냐.

어떤 날 구름은

하염없이 비를 흘리며 내게 말한다.

너는 지금 뜨거운 눈물 흘리고 있느냐.

그리고 어떤 날 구름은

엄마 품에 안겨 잠든 아가처럼

파란 하늘 속에 변치 않는 하나의 점으로

그려져 있고 내게 말한다.

그 누군가의 품속으로 너를 던져라.

언제나 너보다 더 사랑할 줄 아는 파란 하늘,

그 누군가의 가슴을 한껏 사랑하라.

_2009년 8월 13일

초승달

차라리 동그랗게 큰 눈으로
나를 가열하게 바라보는 그대의 눈은,
나 또한 자신에 찬 눈으로
그대를 맞서 바라보게 한다.

허나 감길 듯 미세한 눈으로
나를 그윽하게 바라보는 그대의 눈은,
나를 말없이 고개 숙여
그대를 바라보지 못하게 한다.

아, 그대 앞에 나는 한없이 작아져
나의 지나감을 돌아보며
그대의 눈 자락에 걸터앉은
어둠만을 흘낏할 뿐이다.

_2009년 8월 17일

오월의 눈

작년 12월 즈음 네가 다가온 날의 설렘,

천진난만한 아이의 마음으로 너를 맞는다.

허나 이젠 그때와 달리 퍽 담담하다.

생각해보니 2월의 너는 언제나 쓸쓸하다.

난 처음 네가 오던 그때처럼 신나지도 않다.

오히려 그 무뎌짐에 조금은 네게 미안하다.

항상 처음과 같을 수 없음에 슬퍼지기도 한다.

2월의 너는 오랜 이별을 고하듯 침착하다.

미흡한 풋내기처럼 불안하게 흔들리지 않는다.

그저 담담하게 내 눈앞을 천천히 맴돌고 있다.

나는 하늘을 유영하는 너를, 마지막이 될 너를

내 두 눈 가득 담아두려 몹시 애쓰고 있다.

2월의 너는 네가 아닌 것처럼 쓸쓸하다.

나는 너를 잊고 아무렇지 않게 살 것이다.

네가 아닌 또 다른 너의 뜨거운 사랑으로 내리는 날,

나는 2월의 미안함보다 새로움의 흥분으로 들뜰 것이다.

나는 이기적이다. 매정하게 오가는 너 하얀 눈처럼.

2월의 너는 세상의 모든 떠나가는 사랑처럼 쓸쓸하다.

_2010년 2월 12일

바보

가끔 복도에서 담배를 피우다
흠칫 하고 놀란다.

아, 눈이 내리는구나!

찰나의 순간이 지나
다시금 깨닫는다.

아, 담뱃재구나…

_2010년 3월 20일

나쁜 기도

제 탓이요 제 탓이요 저의 큰 탓이옵니다 그러므로 간절히 바라오니

평생 동정이신 성모 마리아와 모든 천사와 성인과 형제들은 저를

위하여 '저'를 위하여 하느님께 빌어주소서 하며 사뿐히 감은

두 눈과 무엇이라도 만져줄 수 있는 섬섬옥수로 기도를 드린다.

길어 봐야 한 시간 남짓한 미사가 아니 악행 고백과 용서 받음으로

인한 자기 합리화 시간을 마친 신자들은 성당을 우르르 빠져나와

다시 절대적 이기적 공간의 자동차에 탑승한다. 기도로 부르짖던

때가 호랑이 담배 피던 그 시절도 아니고 한 5분이나 지났을까. 빽빽이

들어차 빠져나가는데 몸살을 앓고 있는 주차장 여기저기서 성난

경적 소리와 살인이라도 저지를 듯 부릅뜬 눈빛들이 발광한다.

맞다. 바로 5분 전에 기도를 드리던 사람들. 사랑과 평화와 용서와

이해를 피력하던 사람들. 또 한 주간 지랄맞게 살다가 일요일 오전

11시에서 12시까지 한 시간쯤 제 탓이요 제 탓이요 저의 큰 탓이옵니다

그러므로 간절히 바라오니…

_2010년 4월 12일

손빨래

며칠 새 하늘 높은 줄 모르고
쌓여 있는 빨랫감들.

빨랫비누 척척 때려가며
박박 문지르네.

점점 비워지는 빨래 통을 보며
고갈되는 체력에도 재기(再起)함은,
다시 채워질 것을 알기에.

빨래에서 인생을 배우는구나
하고 청승 좀 떨어볼까 하는데,

완전한 빨래를 마치고 나오는 욕실 앞
방금 그대가 또 벗어 던져 놓은 양말 한_근.

아, 그대는 알고 있는지!
그대 무심코 던지는 한 근의 옷가지들,

내겐 맹랑하게 물 맥인 천근만근이 된다는 것을.

_2010년 8월 18일

나는 나무, 그대는 바람

나 언제나 그 자리에
부동(不動)으로 서 있었을 뿐,
깨워 흔들어놓은 건 결국 바람.
미처 알지 못함에 회한으로
한껏 안아주려 가지 뻗었건만
애석한 그 바람 그 어느 살결에도
걸치지 아니하고 새치름한 얼굴로
지나가 버리는구나.
앙다문 입술 맹랑하게 들이대기에
수줍은 맘 감추지 못하고
발그스름한 뺨으로 가을 하늘에
나부끼며 홀로 춤추었건만
음흉한 그 입술 날카로운 흉기 되어
후 하고 귀싸대기를 날리는구나.
퍽 아픈 마음에 스스로를 떨구며
처량한 가을비에 흠뻑 젖어 가는데
이 내 마음 누가 알아주나.
무심코 쓸어내는 빗자루의 갈기갈기

찢어진 살결이 얼핏 알아주나.

아—가만히 있었던 죄 이리 클까.

한 번이라도 내 움직일 수 있었다면

이리도 쉽게 그대 떠나보내지 않았으리.

나, 언제나 그 자리에 쉽사리

맘 열지 못했던 흔들리는 바람.

그대, 언제나 그 자리에 올곧은

맘으로 나를 사랑했던 나무.

_2010년 11월 8일

눈이불

세상이 너무도 차가워 이맘때면
하늘에서 따뜻한 이불 하나 내려오지.

세상의 온갖 어지러움 잠재우기 위해
검지로 쉬ㅡ이 입술 포개듯 침묵을 흩날리지.

눈 내린 세상이 이토록 고요함은
성한 눈발이 우리의 상처를 덮어주었기 때문이지.

서둘러 집으로 들어가며 사람들이 흘리고 간
잘못들은 텅 빈 거리 곳곳에 슬프게 나뒹굴고 있겠지.

이내 그 잘못들 하얀 눈 속에 묻혀 사라지겠지만
그건 정말로 사라진 게 아닐 테지.

내일이면 우리는 저벅저벅 스스로 눈밭을 벗겨내며
감췄다고 생각한 부끄러운 모습 마주할 테지.

다시금 흙탕물 얼룩져 뻔뻔해진 얼굴 들이밀며

외면한 세상은 모가지까지 덮어버리고 첫눈을 기다리겠지.

그래도 그 언젠가는 그 어느 것도 우리 맘대로

추우면 덥고 더우면 걷어찰 수는 없는 거라 알게 되겠지.

_2011년 1월 23일

그대를 부르지 않는다

나는 그대가 보고 싶지만 그대를 부르지 않는다.
그냥 저 희미한 어딘가에서 내가 굳이 만져주지 않아도
어련히 스스로 아름다울 그대가 눈물겹기 때문이다.
그대가 보고 싶은 것은 우리가 멀리 떨어져 있기 때문이기에
나는 지금보다 더 그대와 가까워지기를 사양한다.
때때로 그대 아닌 다른 여자와 시시덕거리며 놀아나도
내가 더 이상 그대를 사랑하지 않는 것이라 생각지 말라.
다만 사랑이라 우기는 철부지 아이의 욕정쯤으로 생각하고
오히려 살진 내 엉덩이를 가엾음으로 토닥여 달라.
허나 이 내 맘 애달프게 쓸어줄 그대의 고운 손은
불쌍한 낙엽 쓰레질하는 빗자루쯤으로 치부할 터이니
그대는 내가 보고 싶지 않은데 애써 나를 부르지 말라.
그대가 가끔 나를 부르면 나는 그것을 사랑이라 여긴다.
하여 멍청한 나는 히죽거리며 그대를 부르고 말 것이다.
항시 자유로움을 간직한 나는 상상과 착각도 그럴듯해서
결국은 몇 벌을 걸쳐 봐도 홀딱 벗겨진 몸뚱이가 되고 만다.
타오르는 불에 닿은 머리칼처럼 일순간에 움츠러들지만
기어이 하나의 잊히는 점(點)으로 사라지려 하지 않음은

그대가 내게 수놓은 어느 말 어느 눈빛 하나쯤에는 그래도

어렴풋한 미완의 사랑이 막 꿈틀대며 깨끗한 음성으로

나를 불러보려 목을 가다듬지 않았나 하고 생각해봄이다.

점점(點點) 이어져 하나의 올곧은 선으로 그대에게 닿기에는

나의 그것이 너무도 작고 보잘것없어서 몹시 더딜 뿐이다.

그 흔한 추파 한 번 던져보지 아니하고 이다지도 쉽사리

내 마음 거두어들임을 그 누구라도 조롱하지 말라.

내 안에 품지 않았을 때에 더 아름다운 사람이 더러 있다.

제 스스로도 충분히 눈부시게 밝은 그런 빛을 두르고 있다.

나의 어설픈 밝음으로 그대 곁에서 미적지근해지기보다는

내 본연의 모습 더없이 선연한 어둠으로 존재함이 옳다.

아니 시비(是非)를 떠나 그저 그대를 진정 사랑하므로

나는 그대가 보고 싶지만 그대를 부르지 않는다.

_2011년 5월 16일

에필로그

지금 이 순간도 돌아가고 싶은 그때가 된다

1.

술에 옅게 취해 들어온 어느 날 밤, 나는 나의 반려견인 빙고를 품에 꼬옥 안고 있었는데 문득 어떤 생각이 들었다. 가는 데 순서 없다지만, 아무튼 언젠가 빙고가 무지개다리를 건너 내 곁을 떠나가면 그땐 어떡하지? 나는 말 없이 빙고를 더 세게 끌어안고 빙고의 몸에 코를 파묻은 채 더 깊숙이 냄새를 맡았다. 빙고와 나의 지금 이 순간을 영원으로 느끼며 일관된 사랑을 선사해줄 것을 다짐했다. 그러나 나는 알고 있다. 내일이 되면 나는 다시 당연하듯 맞이한 나의 존재와 나의 일상을 살아가며 당연히 존재하고 있을 빙고를 특별한 동요 없이 대할 것이라는 사실을. 그리고 지금의 절박한 영원은 온데간데없이 사라질 것이라는 것을.

2.

'오늘이 마지막인 것처럼'이라는 문장이 유행처럼 번진 적이 있다. 어쩌면 그것이 삶이라는 풍파의 망망대해에서 한 치 앞밖에 내다보지 못하며 일엽편주로 허덕이는 사람들에게는 어느 정도 유효했는지도 모른다. 그들로 하여금 삶의 뜨거운 한가운데에서 순간순간의 삶을 그 자체로 온전히 마주하고, 하나뿐인 유한적 삶을 절실히 느끼며 자신의 삶을 오롯이 자신의 가슴이 시키는 열정으로 던질 수 있도록 격려했을 수도 있기 때문이다. 그러나 역시 시한부 환자나 임종을 앞둔 사람들이 아니고서야 저 문장은 먼 구름처럼 절반의 절반으로 효용될 뿐이다. 도대체 어떻게 오늘이 마지막인 것처럼 살 수 있단 말인가. 오늘이 진정 내 삶의 마지막이라면 나는 적어도 이렇게 쓸데없이 글을 끼적이고 있지는 않을 것이다.

3.

'내가 십 년만 젊었어도'라고 말하며 거드름을 피우지만, 십 년 전에도 역시 우리는 그 시간을 제대로 느끼지 못하고 만족하지 못했음을 안다. 언제나 우리는 현재를 당연한 것으로 여겨 잘 돌보지 못하다가 과거로 멀리멀리 흘려보낸 후에야 가닿지 못함을 서글퍼한다. 그러고는 그때를 미화하고 그리워한다. 그러나 지금 이 순간도 계속해서 과거가 되고 있다는 것은 쉬이 망각한다. 왜냐하면 순간순간의 현재는 그 연속성 때문에 자꾸만 당연히 주어지고 있는 듯 보이기 때문이다. 역시 당연하다고 믿는 그 생각으로부터 오만은 시작된다. 과연 오늘은 당연한 것이고 내일은 당연히 오는 것인가. 그리고 어제는 당연한 것이었나.

4.

오만.

'네가 헛되이 보낸 오늘은 어제 죽은 이가 그토록 바라던 내일이었다'라는 금언이 있다. 그러나 죽은 것은 다만 어제의 그 사람일 뿐 결코 오늘의 나는 아니다. 내가 맞이한 오늘은 어제부터 아니면 며칠 전부터 특별하게 의식하며 기다리고 있을 필요가 없었던 자연스럽게 맞이한 오늘인 것이다. 그리고 내일도 당연히 마찬가지일 것이다. 오늘 문득 내게 사고사나 돌연사가 방문하지 않는다면 말이다. 물론 나에게는 그런 일이 일어나지 않을 것이다. 아무튼 내게는 너무도 당연한 오늘이므로 어제 죽은 이가 바라듯 그토록 바랄 필요가 없는 것이다.

오만.

유행처럼 백세시대를 운운하며 본인도 으레 그 정도는 가뿐히 살 수 있을 것이라는 착각. 순번 대기표를 뽑고 기다리듯 가는 데 나이순일 것이라는 착각. 사고사나 돌연사는 나에게는 없을 일이므로 부감으로 바라보기. 소멸되어가는 타자에 대한 섣부른 연민. 사랑을 놓치고 사랑을 미루는 것. 어디론가 당장 떠나지 못하는 것. 미안하다는 말을 전하지 못하는 것. 가족들에게 소홀한 것. 용서하지 못한 것. 그리고 지금 당장 하지 못한 절실한 모든 것. 그러면서도 한 치 앞도 알 수 없는 것이 인생이라며 하루하루를 감사하는 마음으로 산다는 치장. 그러나 또다시 오늘 하루를 당연히 홀대한 것.

오만하지만 오만하지 않기 위하여.

그러나 어쩔 수 없다. 나는 오만하다. 어쩌면 평범한 하루하루를 살아가고 있는 나에게 오히려 그것은 자연스러운 것인지도 모른다. 아무리 오만을 경계한들 어차피 죽어가는 이의 절박에는 이르지 못할 것이다. 평범한 오늘의 나와 죽어가던 어제의 그를 동일시하여 삶에 대한 동일한 태도를 기대하기란 결코 불가능하다. 사람들은 제각각 다르다. 그리고 사람들마다 삶과 삶을 대하는 태도 또한 제각각 다르다. 과연 삶의 매 순간을 반드시 절실하게 붙잡아야만 하는 것인가. 허투루 보낸 어제도, 풀썩 휘늘어지고 있는 오늘도 모두 그런 대로의 삶의 의미가 있다. 다만 절실하고 정열적인 실천적 행동이 없다고 하더라도 나에게 주어진 '당연한' 오늘 하루를 감사하게 여겨야 하는 것은 진부하고 상투적이지만 마땅하다. 그게 비록 치장이라고 할지라도 말이다. 그 조촐한 겸허와 감사의 마음가짐만으로도 내가 의식적, 무의식적으로 발하는 온갖 오만들에 대해 절반의 면죄부가 될지도 모르기 때문이다.

5.

지금 이 순간도 돌아가고 싶은 그때가 된다는 이 당연하면서도 애달픈 사실을 나는 익히 알고 있다. 그렇다고 해서 무턱대고 현재에만 고정되어 오롯하게 현재만을 소중하게 이룩해야 한다고 설파하려는 것은 전혀 아니다. 왜냐하면 사실 나조차도 저 말과 조응하는 삶을 살고 있지 못하기 때문이다. 나는 주로 과거에 머물러 있는 편이고, 술에 취해 회한에 젖어 과거를 반추하는 일을 과업으로 삼고 있는 이유다. 혹자들은 과거에 연연하지 말라는 말로 쿨함을 강조하기도 하지만, 나는 반박한다. 그러나 지금의 너를 이루고 있는 모든 것은 오직 과거일 뿐.

우리는 누구나 예외 없이 현재를 살고 있다. 그러나 실상은 나처럼 과거에 머무는 사람이 있고, 아니면 미래만을 지향하는 사람도 있다. 또는 미온적인 태도로 어디에나 사는 듯 보이지만 그 어디에서도 살고 있지 않은 사람도 있다. 그게 과거든 현재든 미래든 아니면 그 어느 곳도 아니든지 간에 편재되는 것은 바람직하지 않을 것이다. 그러므로 나 스스로에게 바란다. 과거의 좋았던 추억들은 삶을 윤택하게 만들어준다는 사실과 다시 돌아갈 수 없다는 물리적 불가성이 주는 과거의 유일함의 의미를 교훈 삼아, 역시 과거가 될 현재를 의미 있게 다룰 줄 알기를. 희망과 기대로 기다리는 내일이란 불안하고 불완전한 현재를 바로 서게 해주는 삶의 주춧돌과 같다는 것을 되새기기를. 그리

고 그 모든 것의 중심은 바로 지금 이 순간이라는 것을 가끔 잊
더라도 잃어버리지는 말기를.

6.
이제 나는 빙고를 한 번 더 안아주러 가야겠다.